KONNA KAWAII IINAZUKE GA IRU NONI, HOKA NO KO GA SUKI NANO?
こんな可愛い許嫁がいるのに、他の子が好きなの？
VOLUME:THREE
3
【著】ミサキナギ
NAGI MISAKI PRESENTS
【イラスト】黒兎ゆう

同盟者
Chris

元・恋人
東城氷雨

KONNA KAWAII IINAZUKE GA IRU NONI, HOKA NO KO GA SUKI NANO?

CONTENTS

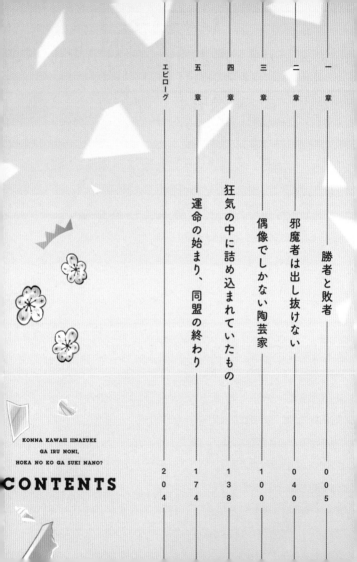

一章　勝者と敗者

KONNA KAWAII IINAZUKE GA IRU NONI, HOKA NO KO GA SUKI NANO?

昼下がりのファミレスは客もまばらで、穏やかな時間が流れていた。採光のよい窓際《まどぎわ》のソファ席にて。

「お待たせしました。季節限定イチゴのふわふわスフレパンケーキです」

ウエイターが運んできた皿を見るなり、氷雨《ひさめ》が感嘆の声を上げた。

「これはとても美味《おい》しそうです。幸太《こうた》くんがオススメしてくれただけのことはあります」

真っ赤なイチゴがふんだんに載ったパンケーキはまるで宝石箱だ。イチゴソースと生クリームも綺麗《きれい》に盛り付けられている。

向かいで幸太《こうた》はコーヒーに口を付けた。

「パンケーキは注文を受けてから店舗で焼いてるんだ。作り立てだし美味《おい》しいと思うよ」

「そうなんですね。いただきます」

ナイフとフォークで上品にパンケーキを切り分け、氷雨《ひさめ》はそれを口に運ぶ。

「んん〜〜ほんとにふわふわです」

切れ長の目を細めて氷雨《ひさめ》は満足そうな声を出している。頬もわずかに緩んでいた。

それを窺《うかが》い見て、幸太《こうた》はすぐにコーヒーに目を落とした。

反則だ、と思う。普段、氷雨《ひさめ》は誰も寄せ付けない冷たい無表情なのだ。クラスメートの誰も氷雨《ひさめ》のこんな表情は見たことがないだろう。

常盤《ときわ》中央高校の高嶺《たかね》の花、東城《とうじょう》氷雨《ひさめ》。

飛び級でハーバードを卒業した才女であることに加え、大人っぽい美貌とメリハリのあるスタイル。モテないはずがなく、現に彼女に告白する男子は絶えない。彼女が寄ってきた男子をばっさりとフるのは、もはや日常の光景となっている。

その彼女が放課後、自分と二人でファミレスに来ているなんて——同じ高校の男子に知られたら命が危ういな、と幸太《こうた》は割とマジで思った。

「喜んでくれてよかったよ」

「あ、幸太《こうた》くんも食べますよね。切り分けますね」

「いや、俺はいいよ」

「どうしてですか？　放課後に小腹も空いていないとは、もしや体調が悪いのでは……!?」

「そうじゃなくて！　これは俺を追試合格させてくれたお礼だから」

バイトに打ち込んだことで、幸太《こうた》は前回の定期試験で六教科も追試になってしまった。追試対策のため、氷雨《ひさめ》は放課後や休日を返上し、彼の勉強を見てくれたのだ。何かお礼をしなければ幸太《こうた》の気が済まない。

それで二人はファミレスに来たのだ。

カチャ、と氷雨《ひさめ》がナイフを静かに置いた。

「幸太《こうた》くん……まさか、このパンケーキで『お礼』とするつもりですか？」

え、と幸太《こうた》は言葉に詰まる。

氷雨《ひさめ》の大きな瞳はひた、と幸太《こうた》に据えられている。

「わたしへの『お礼』をパンケーキで済ませようという腹積もりなら――」

「ご、ごめん！　そんなつもりじゃなかったんだ」

彼女に勉強を教わった日々が走馬灯のように脳内を駆け巡る。どう考えてもパンケーキ一つでは釣り合わない。

慌てて幸太《こうた》はメニュー表を取り、氷雨《ひさめ》に差し出した。

「パンケーキだけじゃなく、いくらでも好きなものを頼んでください！　今日は全部、俺の奢《おご》りなんで」

このファミレスではバイトをしていると従業員割引が使える。だからバイト先であるここに来たのだ。家が貧乏ラーメン屋で、小遣いは当然のようにもらえない幸太《こうた》にとって、奢《おご》れるのはこの店しかない。

卒業証書を受け取るポーズで固まっている幸太《こうた》。

「……はあ」と前方からため息が聞こえた。

「幸太《こうた》くん、あなたはわたしに『勉強に付き合ってくれたお礼をしたい』と言いました」

「はい……」

「そのとき、わたしが何を要求したのか覚えていないのですか？」

メニューが幸太《こうた》の手から引き抜かれる。

幸太《こうた》は顔を上げた。

「わっ、わたしは幸太《こうた》くんと二人で……デ、デートがしたぃ、と言ったのです……！　スイーツを要求したのでは断じてありませんっ」

恥ずかしいのか、メニュー表で氷雨《ひさめ》は顔を半分以上隠していた。チラリと覗《のぞ》く両目はグルグルしていて、彼女が動揺しているのが窺《うかが》える。

（マジでデートなのか……。氷雨《ひさめ》のほうからデートがしたいだなんて、なんだか信じられないんだが……）

幸太《こうた》と氷雨《ひさめ》が恋人同士だったとき、氷雨《ひさめ》から誘われたことは一度もなかった。どういうわけか別れてからのほうが彼女の積極性が増している。

幸太《こうた》も落ち着きなくコーヒーカップをいじった。

「……うん、覚えてるよ」

「覚えているなら言わせないでください。意地悪ですか」

「東城《とうじょう》さんに——」

ジロ、と氷雨《ひさめ》の目が鋭くなる。幸太《こうた》は言い直した。

「氷雨《ひさめ》に意地悪なんてしないよ」

「本当ですか？」

「ほんとだよ」

「でしたら、これはれっきとしたデ、デートだと認めるのですね？」

詰問《きつもん》口調だ。が、訊《き》かれている内容は詰問《きつもん》とは程遠い。

「……はい、認めます」

氷雨《ひさめ》はやっとメニューを顔から外し、テーブルの端に戻した。柔らかいパンケーキにナイフを入れる。

「……デートなら、シェアするものではないのですか……？」

一口大のパンケーキが差し出された。

「あーん」と言わんばかりに、フォークを持つ氷雨《ひさめ》は上目遣いでこっちを見ている。

（なんてことだ……！　氷雨《ひさめ》からここまで直接的なアプローチをされるとは）

喜びより戸惑いのほうが大きい。普段はクールで素っ気ない女子に迫られるのは、なかなかクるものがある。

幸太《こうた》が動けないでいると、だんだんと氷雨《ひさめ》の目力が増していく。一秒ごとに視線が研ぎ澄まされていくようだ。

「お礼」とはいえ、デートはデートである。

顔に穴が空く前に幸太《こうた》はぎこちなく口を開けた。まだ温かいパンケーキが入ってくる。ふわふわした食感はどこか夢みたいで現実味がない。

幸太《こうた》に食べさせた氷雨《ひさめ》はすぐに皿に目を落として、ナイフを繰っている。彼女の長い黒髪から覗《のぞ》く耳は真っ赤だ。上擦った声で訊《き》いてくる。

「美味《おい》しいですか……？」

まったく味は感じられなかったが、幸太《こうた》は「うん……」と返した。

「わたしもです」

「？」

「幸太《こうた》くんと一緒に食べられて、お、美味《おい》しいです……」

氷雨《ひさめ》はパンケーキを口に入れる。フォークが綺麗《きれい》な唇に触れる。

急激に幸太《こうた》の体温が上がった。耐えきれなくなって彼は腰を浮かした。

「飲み物、取ってくるよ。何がいい？」

「同じ、ホットコーヒーで」

「了解」

「それと——」

言いづらそうに氷雨《ひさめ》は続ける。

「お砂糖とミルクを……五個ずつ」

「大丈夫。わかってるよ」

軽く笑って幸太《こうた》はドリンクバーへ向かった。


コーヒーマシンの前でドリップコーヒーが出てくるのを待つ。

と、マシンの陰からナイスミドルの店長が顔を出した。

「豪山寺《ごうざんじ》くん、カノジョすごい美人さんじゃん。フラれないよう頑張りなよ。サービスでイチゴも追加しておいたからね」

「気付いてますよ。ありがとうございます」

氷雨《ひさめ》に出されたパンケーキ。それには規定の倍以上のイチゴが載っていた。バイトで何度も作ったから知っている。

ゴポゴポと黒い液体がカップに落ちていくのを見ながら、幸太《こうた》は続ける。

「ただ、サービスしてもらってあれなんですけど、俺たち付き合ってないですよ」

「じゃあアタック中？　いけるよ、豪山寺《ごうざんじ》くん。あの子、絶対キミに気があるって」

「はあ……」

「あ、信じてないな。ホントだって。ほら、今もキミのこと見てるし」

幸太《こうた》は首を回した。

氷雨《ひさめ》は幸太《こうた》と目が合うなり、光の速度で顔を背けてしまう。が、そろそろと首を戻すと、またこっちに目を遣《や》った。まだ幸太《こうた》が見ているのに気付き、彼女は再び首を捻《ひね》る。

「いいねえ、青春だねえ。あんな可愛《かわい》いカノジョがいたら、毎日が楽しくてしょうがないだろうなあ」

「だからカノジョじゃないですってば」

「何言ってんの。気のない男子と二人でファミレスなんか来ないって。絶対大丈夫だから、思い切って告白するんだ！」

バンと肩を叩《たた》かれる。あまりにも見当外れな励ましに、思わず深いため息が出た。

そんなのは知っている。

勉強合宿で氷雨《ひさめ》から受けた告白は幸太《こうた》の目に焼きついている。

『幸太《こうた》くん、すきです』

氷雨《ひさめ》は幸太《こうた》が好きだった。

許嫁《いいなずけ》だから無理して付き合っているんじゃ、と思って別れたわけだが、それは幸太《こうた》の誤解でしかなかった。

まだ彼女は幸太《こうた》のことを想《おも》っているらしい。しかも、幸太《こうた》がもう一度やり直そうと言うのを待ってくれている。

幸太《こうた》がその気になれば恋人同士に戻れるのに。

「……よくわからないんですよね、どうしたらいいのか……」

一度かき乱されてしまった自分の気持ちはいまだに定まっていない。

ほぼ同時期に、ハイスペックな二人の女子に告白される。……贅沢《ぜいたく》な話だ。だが、贅沢《ぜいたく》だからこそ手放しには喜べない。

二人が魅力的である分、幸太《こうた》の悩みは深みに嵌《は》まっていくのだ。

ドリップコーヒーはとっくにできていた。幸太《こうた》はカップを手にドリンクバーから離れる。その際、店内にざっと視線を走らせた。

よく知っている金色が衝立《ついたて》の向こうに見えた気がしたが、幸太《こうた》は一直線に氷雨《ひさめ》の待つ席へ戻った。


「おまたせ」とコーヒーカップを二つ置く。

「ありがとうございます」

氷雨《ひさめ》は湯気を立てているコーヒーをチラ、と見て言った。

幸太《こうた》が席に座ろうとしたとき、

「……幸太《こうた》くん、わがままを言ってもいいですか？」

「何？」

「とっ、隣に座ってくれませんか……？」

思わず動きを止めてしまった。

氷雨《ひさめ》はスティックシュガーの端をしきりにいじって、強い声を発する。

「さ、先ほど、幸太《こうた》くんはデートだと認めてくれたではないですか。デートとは、二人の心理的距離を縮めるために行われるものです。そしてわたしが調べたところによると、心理的距離と物理的距離は相関関係があるというデータが――」

まるで数式の証明をするみたいに語る氷雨《ひさめ》。

隣に座るくらいなら、これまでも何度かやっている。あまり意識しないようにして幸太《こうた》は氷《ひ》雨《さめ》の横に腰を下ろした。

途端にビクウゥっと彼女の身体《からだ》が跳ねる。

「～～～っっ⁉」

「そんなにびっくりする⁉」

「ぃいいいきなり座られたら驚くではありませんか！」

「だって、氷雨《ひさめ》が座ってってって……」

「確かに言いましたが、心の準備が終わる前に座られるとは想像していなかったのです」

「じゃあ準備ができたら言って。それまで俺、向かいにいるから」

立とうとすると袖を引っ張られた。

氷雨《ひさめ》が幸太《こうた》のブレザーを握って、頬を膨らませている。

「もう心の準備はできましたっ」

ヤバいな、と思った。

幸太《こうた》のほうが氷雨《ひさめ》を直視できない。

席に座り直しても彼女の手は離れなかった。まるで離したくないと言われているかのようだ。

自意識過剰な思考が首をもたげてきて、幸太《こうた》は懸命にそれを追い払う。

自分を好きだと言ってくれる女子にどう接したものか、いまだに彼は慣れない。

「……せっかくなので、撮りませんか？」

「え？」

一瞬、何を言われているのかわからなかった。

氷雨《ひさめ》がスマホを出しているのを見て、ああ、と理解する。

「わたしたち、写真撮ったことなかったですよね」

「うん……」

ちゃんと恋人同士だった時期もあるのに、幸太《こうた》たちは一度も写真を撮っていない。

理由は単純で、

「氷雨《ひさめ》が嫌がるんじゃないかと思ったんだ。ほら、俺たち、付き合っているのを周囲に隠してたし」

「何故《なぜ》、写真を撮るのと、交際を隠すのに関係があるのですか？」

「だって、二人の写真が誰かに見つかったら、付き合ってるのがバレそうじゃないか」

「なっ、写真を誰かに見せるつもりなのですか⁉」

「万が一だよ！　見られたら困るかなって」

「他人に見せるなど言語道断です。そもそも何のために写真を撮ると思っているのですか？」

「えーっと、何のため……？」

「一人のときにこっそり見返して、幸太《こうた》くんとラブラブな一瞬を思い出し、幸せに浸るために決まっているではありませんか！」

「そういう使われ方なんだ……」

衝撃的だ。まさか氷雨《ひさめ》の口からそんな発言が出てくるとは。明日は隕石《いんせき》が降って地球が滅びるのかもしれない。

挙動不審の幸太《こうた》に気付いたのか、氷雨《ひさめ》もはっとなった。途端に真っ赤になった彼女はあわあわして「な、何でもないです……何でもないですぅ……」と繰り返している。可哀《かわい》そうになるほどのテンパりようだ。

とにかく、だ。

氷雨《ひさめ》が撮りたいのなら幸太《こうた》が拒む理由はない。

「誰にも見せないからさ、撮ろうか」

「……はい」と氷雨《ひさめ》は立ち直った。

氷雨《ひさめ》がスマホを掲げる。

横長の画面に映るのは至って平凡な男子高生と、一目見たら忘れられないほど美人な大和《やまと》撫子《なでしこ》。ちなみに二人とも見切れている。

「幸太《こうた》くん、寄ってください」

「こう？」

顔を少し寄せただけで、ふわっとフローラルな香りがした。

（氷雨《ひさめ》の匂い……）

意識するな、というほうが無理だった。幸太《こうた》の身体《からだ》は不自然に強張《こわば》ってしまう。画面はまだ見切れたままだ。

「もっとです」

「うん……」と言ったものの、幸太《こうた》は近付けない。というのも、これ以上寄ったら氷雨《ひさめ》に触れてしまいそうなのだ。

彼女が自分に好意を抱いているのは知っている。

触れたところで氷雨《ひさめ》はたぶん怒らない。

だが、だからといって触れていいわけじゃない。

それは幸太《こうた》なりのけじめだ。幸太《こうた》はまだ氷雨《ひさめ》を選ぶとは決めていないのだから――。

「ううううう～～～」

気付けば唸《うな》り声が横からしていた。氷雨《ひさめ》が見切れた画面を仇敵《きゅうてき》のように睨《にら》んでいる。

「幸太《こうた》くんとのデート記念にラブラブなツーショットを撮りたいだけなのに、どうしてこうも見切れてしまうのですか⁉　何がいけないのです？　世のカップルは皆こうやって写真を撮っているではありませんか……！」

「あー……もしかしてカメラの設定が――」

「仕方ありません。かくなる上は最終手段ですっ！」

言うなり氷雨《ひさめ》は幸太《こうた》に抱きついた。

「――っ⁉」

（柔らか……⁉）

幸太《こうた》の頭の中は瞬時に真っ白になり、

カシャ。

シャッター音がした。

見切れていない写真は無事に撮れたようだ。既に氷雨《ひさめ》は幸太《こうた》から離れ、スマホを見つめている。

スマホの画面にはお世辞にも上手《うま》く撮れているとは言えない写真があった。

どちらの表情も笑顔とは程遠い。幸太《こうた》は赤面して強張《こわば》っているし、氷雨《ひさめ》も茹《ゆ》で上《あ》がった真っ赤な顔でカメラをガン見だ。たぶん氷雨《ひさめ》が求めているツーショットではないだろう、と思った。幸太《こうた》としても映るなら、もっとマトモな写真にしたい。

「……撮り直そうか」

「いいえ、これで結構です」

「でも――」

「いいのです。それともまたわたしに幸太《こうた》くんに抱きつけと言うのですか⁉」

「えっと、そうじゃなくて」

「わたしは満足です。これは幸太《こうた》くんと初めて撮ったツーショットですから」

スマホを見る氷雨《ひさめ》の口元がわずかに緩んでいるのを認め、幸太《こうた》は頬をかいた。明らかに失敗の部類に入る写真。それを大事そうにしている彼女がひどくいじらしかった。

「……ちなみに、カメラの設定方法、教えておくよ」

「え？」

「ここをこうすると、遠目になるはず」

「撮影範囲が広く……⁉」

「これで次からはくっ付かなくても撮れるよ」

「なっ、何故《なぜ》、最初からそれを教えてくれなかったのですか⁉」

「まさか氷雨《ひさめ》がここまでカメラ設定に詳しくないとは思わなかったから」

「わ、わたしがツーショットを撮ろうとしたのは初めてなのですっ」

怒ったように言って氷雨《ひさめ》はそっぽを向いてしまう。それから彼女はチラ、と幸太《こうた》のほうを見た。

「も、もう一度、一緒に撮ってくれませんか……？　今度はもっと親密そうな写真がほしいです……」

「うん、俺もそのほうがいいと思う」

頷《うなず》いた幸太《こうた》に氷雨《ひさめ》はぱっと表情を明るくする。

掲げたスマホの画面には、初々《ういうい》しい高校生カップルが映っていた。

KONNA KAWAII IINAZUKE GA IRU NONI, HOKA NO KO GA SUKI NANO?
3
こんな可愛い
許嫁がいるのに、
他の子が
VOLUME:THREE
好きなの？
［著］ーミサキナギ
MISAKINAGI PRESENTS
［イラスト］ー黒兎ゆう

◆◆◆

幸太《こうた》と氷雨《ひさめ》がいるソファ席から衝立《ついたて》を挟んだ向こう側。コーヒーを手にした幸太《こうた》が遠ざかっていくのを察知し、クリスは頭からかぶっていたマフラーをどけた。

「……ふう、危うくコータに見つかるとこだったわ」

金髪のツインテールを払い、クリスはグラサンをかけ直す。

世界有数のセレブで、千年に一度のハーフモデルであるクリスティーナ・ウエストウッドは公共の場所にいるときはパパラッチ対策としてグラサンをかけている。が、今回はそれ以外の理由もあった。

クリスは衝立《ついたて》に顔を寄せ、隙間からこっそり幸太《こうた》と氷雨《ひさめ》の様子を窺《うかが》う。

二人は今度は隣同士に座ったようだ。距離が近い。あれではどこからどう見てもカップルだ。しかも二人はスマホで自撮りまでし始めた。「NG－！」と叫んで飛び出したいけど、必死に堪《こら》える。

「お待たせしました。季節限定イチゴのふわふわスフレパンケーキ、二つです」

店長という名札を付けたウエイターがやってきた。彼は皿の一つをクリスの前に置き、もう一つを向かいに置く。すなわち、二愛《にあ》の前に。

パンケーキを見るなり、二愛《にあ》は長いポニーテールを揺らして首を傾《かし》げた。

「あれ？　これ、違くない？」

「ご注文はイチゴのふわふわスフレパンケーキではなかったですか？」

「注文はそうだけど、これ、ひさめちゃんが食べてたやつと違う。ひさめちゃんのはもっといっぱいイチゴが載ってた！」

二愛《にあ》は立ち上がって幸太《こうた》たちの席を指さす。

クリスは即座に二愛《にあ》の人さし指を握り込んだ。

「いいから黙って静かに座りなさい。……店長さん、イチゴを追加で皿いっぱい持ってきてちょうだい。もちろん代金は言い値で払うわ」

「は、はい……」と冷や汗を拭った店長は足早に厨房《ちゆうぼう》へ消えた。

着席した二愛《にあ》は「イチゴっ、イチゴっ」と嬉《うれ》しそうだ。クリスはジロ、と目を向ける。

「目立つことはやめてもらえるかしら。わたしたちが尾《つ》けてるってコータにバレたらどうするの？」

「なんでコーくんに見つかっちゃいけないの？」

本当に何も理解していない、呑気《のんき》な声だ。

パンケーキを一口食べて、クリスは小さく鼻を鳴らした。

「そんなのもわからないの？」

「別にわたしたちがいてもよくない？　ファミレスなんて誰でも来るとこなんだし」

「想像力が足りないようね。今日、わたしがコータに一緒に帰ろうって誘ったら、何て言われたと思う？」

「『クリス、ウザい』」

「はっ倒すわよ」

「そっかー、クリスちゃんはコーくんの遊び相手としても捨てられちゃったんだね。残念だったね、クリスちゃん」

「いつ誰が誰の遊び相手になったのよ⁉　話を捏造《ねつぞう》してんじゃないわよ！」

青筋を立てたクリスは手元のアイスティーを一気に飲み干した。まったく、この女といると調子が狂う。ＳＮＳでは有名なＪＫ陶芸家で、五歳のときに幸太《こうた》本人と婚約した許嫁《いいなずけ》。北大路《きたおおじ》二愛《にあ》がクリスは苦手だ。

カラン、と氷が空虚な音を立てた。

安物の曇ったグラスに目を落とし、クリスは吐き出す。

「コータが『今日は氷雨《ひさめ》と二人で帰るから、ごめん』って。……何よそれ。二人きりで過ごしたいから邪魔しないでくれってことでしょ。そんな風に言われたら割り込めないじゃない。まあ、放課後を誰と過ごそうがコータの勝手だし？　わたしが強制できることじゃないってわかってるけど――」

「たらこスパゲッティ美味《おい》しそうだなー。お腹空《なか》いてきたなー」

「話を聞きなさいよ⁉　あんたがわかんないって言うから教えてあげてるのに！」

「パンケーキの後にパスタってどう思う？」

「正気《クレイジー》を疑うわ」

「やっぱ食欲は理性じゃないよね」

ポチ、と二愛《にあ》は呼び鈴を押した。やってきた店長に、本当にパスタを注文している。

付き合いきれない。頭痛がしてきてクリスは首を振った。

「ていうか、なんであんた付いてきたのよ。相席を許した覚えもないんだけど」

「だって、面白そうなんだもん」

「どこも面白くないわ。コータが他の女とデートしてるなんて」

「コーくんたちのことじゃないよ」

「は？」

「コーくんたちを尾《つ》けてるクリスちゃんが面白いなーと思って。ウケるー」

イチゴを口に放り込んで二愛《にあ》はニタニタと笑っている。

クリスは特大の舌打ちを飲み込んだ。

（冷静になるのよ、わたし。そう、鬱陶しい蠅《アノイイング・フライ》に構っている場合じゃないわ。ここに来た目的を果たさなくては）

パンケーキに夢中になっている二愛《にあ》を放り、クリスは幸太《こうた》たちに目を戻した。

クリスが彼らを見張っている理由はただ一つだ。

幸太《こうた》と氷雨《ひさめ》が恋人同士に戻るのではないか——それがクリスの懸念《けねん》事項である。

(わたしの作戦は完璧だった。コータとヒサメの婚約は計画通りに解消された。それで二人は恋人でも婚約者でもなくなって、ただの同級生になるはずだったのに——)

読めなかった。

勉強合宿で幸太《こうた》が氷雨《ひさめ》のグラフ問題を解いてしまう、という展開を。

それに乗じて氷雨《ひさめ》が告白してしまう、という結末を。

氷雨《ひさめ》が作ったグラフ問題。見たときは一笑に付した。そんなふざけた方法で気持ちを伝えられるわけがない、と。

彼が氷雨《ひさめ》に勉強を教わっている事実を加味しても、彼にあんな複雑な問題は解けないはずだった。クリスの見立てでは。

(敵ながらあっぱれ、と言うしかないわ。ヒサメはわたしの想定以上にコータの学力を上げ、彼に想《おも》いを伝えてみせた)

婚約解消こそ達成したが、氷雨《ひさめ》の告白を許してしまったクリスは敗北したのだ。

その証拠に、ファミレスの二人は婚約解消前よりはるかに仲良さげである。

(せっかくコータはヒサメに失恋したと思って、気持ちの整理を付けようとしてたのに。失恋が誤解だとわかって、また悩み始めちゃったじゃない……。どうなるのよ、これ。コータはヒサメとわたし、どっちを選ぶつもり⁉）

二人の表情から何を話しているか読み取ろうとクリスは目を凝らす。

が、グラサンをかけているからだろうか、視界にスモークがかかったみたいに二人の心は読めなかった。

おかしい。こんなこと今までなかったのに。

焦《あせ》りが身体《からだ》を支配する。幸太《こうた》が再び氷雨《ひさめ》を選んでしまったら、その時点で終わりだ。彼の性格上、恋人をころころと変えることはない。

（高校生のコータが恋した相手はヒサメだった。それは紛れもない事実。そこにわたしがアタックして、本当にコータの気持ちは変えられるの……？）

クリスの視線の先で、二人は笑い合っている。

心が読めなければ推測するしかない。

脳内を巡るのは悪い想像ばかりだ。

もしこの瞬間、幸太《こうた》が氷雨《ひさめ》に告白していたら――？　氷雨《ひさめ》が幸太《こうた》の告白に幸せいっぱいに頷《うなず》いていたら――？

視界はどんどん暗くなっていく。

酸欠みたいに呼吸が苦しい。

読めない。

幸太《こうた》の心も、これからの展開も。

もう何も読めない――。

ガタン、とイスが鳴る音がした。

気付けば、二愛《にあ》がカバンを持って立ち上がっていた。

「ごちそうさま！　わたし帰るね」

「は……？」

呆《ほう》けた声が出た。

テーブルの上にはパンケーキとパスタの皿があって、いずれも空だった。クリスは眉を寄せる。

「帰るですって？」

「早く帰って作品、作らないと」

作品。それは陶芸のことだろう。

「あなた、コータのデートの行く末が気にならないの？　もしかしたらコータとヒサメが付き合うかもしれないのよ」

言ってて胸が重く鈍く痛んだ。

「別に」

二愛《にあ》はどこか冷めた調子で言う。

「だって、わたしは許嫁《いいなずけ》だから。コーくんが誰と付き合っても気にしないよ」

「――」

「コーくん、ひさめちゃんと婚約解消したんだってね。これで許嫁《いいなずけ》はわたしだけ。クリスちゃんもひさめちゃんも、コーくんの遊び相手くらいにはなれるといいね」

「……どこまで他人を馬鹿にするつもり――」

「さあ今日は下絵付けだー！」

クリスが噴火するより早く、二愛《にあ》は身を翻《ひるがえ》した。ポニーテールがなびく。颯爽《さっそう》とファミレスを去っていく後ろ姿に、クリスは開きかけた口を閉ざした。

衝立《ついたて》の隙間に目を戻すと、相も変わらず何を話しているのかわからない笑顔が二つ並んでいた。

＊＊＊

翌日。

放課後になって幸太《こうた》はラインを見た。バイト先のファミレスの店長からメッセージがある。パートの人が体調不良で早上がりしたから、一時間早く来れないかという打診だった。

それに『行けますよ』と返し、幸太《こうた》はふと氷雨《ひさめ》とのラインの履歴を開いた。

そこには何枚もの写真が並んでいる。

すべて、幸太《こうた》と氷雨《ひさめ》のツーショットだ。

昨日、結局二人は幾度も写真を撮った。もっと上手に撮れるのではないかと氷雨《ひさめ》が拘《こだわ》り始めたからだ。

ファミレスデートを終えて帰った後、氷雨《ひさめ》は『共有しておきます』とラインに写真を送ってくれた。

ソファ席で顔を寄せて並ぶ二人。ほんの少しだが微笑《ほほえ》んでいる氷雨《ひさめ》が写っている。

(氷雨《ひさめ》が笑ってるとは、なんて貴重な写真なんだ……)

しみじみと見入ってしまう。その隣に自分がいるのもまた信じがたい。幸太《こうた》が写真を見返していると、

「へえー、昨日は随分、お楽しみだったじゃない」

「っ⁉」

真後ろから空恐ろしい声がした。

振り向くと、クリスが腰に手を当てて幸太《こうた》を見下ろしている。仏頂面《ぶっちょうづら》で機嫌が悪いのは明らかだ。

「いや、別に……」と幸太《こうた》はスマホを仕舞おうとした。

が、クリスは幸太《こうた》の背中にもたれかかってくる。彼女の体温を感じて硬直する幸太《こうた》。クリスが手元を覗《のぞ》き込んできた。

「こーんなにいっぱいヒサメと写真を撮ったんだから、楽しくなかったわけないでしょ。しかも何、この距離の近さ。これなんか絶対、ヒサメの胸当たってたでしょ。わたしにはわかるんだから！」

「ク、クリス、現在進行形でおまえのが当たってるんだが……」

着やせしているが、クリスも十分大きい部類に入る。幸太《こうた》としては平常心を保つのに必死だ。

それを嘲笑《あざわら》うかのようにクリスは囁《ささや》く。

「ふーん、それで？　コータはどうしてほしいの？」

「……離れてください」

「ヒサメとはベタベタしてたのに？」

「くっ付いたのは写真を撮った一瞬だけだよ。……どうしたんだよ、クリス」

「どうしたって？」

「なんか、おまえらしくなくないか？」

らしくない。

幸太《こうた》の知る限り、クリスはいつも強気で、自分は「世界のクリスティーナ・ウエストウッドよ」と豪語する少女だ。

氷雨《ひさめ》への嫉妬を露《あらわ》にするなんて、まったくクリスらしくない。

「……わたしらしいって何よ」

クリスは幸太《こうた》の背から離れた。腕を組んだ彼女は唇を尖《とが》らせる。

「コータだってらしくないんじゃない？　女子とのツーショットを見返して、ニヤニヤ喜んでるなんて」

「ニヤニヤはしてなかったと思うんだがな⁉」

「そうかしら？　わたしの勘違いならいいんだけど」

ツーンとクリスはそっぽを向く。

「あのな、この写真は氷雨《ひさめ》が記念に撮りたいって――」

「――記念？」

強い声が幸太《こうた》の台詞《せりふ》を遮った。

目を見開いたクリスが勢いよく幸太《こうた》のブレザーを摑《つか》む。

「記念って何の記念よ⁉　まさかよりを戻した記念？　これからもずっと一緒にいようね記念？　病めるときも健やかなるときも生涯あなただけを愛します記念⁉」

「ファミレスデートした記念だよ！」

何だその記念、と言いたくなった。

クリスの手が幸太《こうた》から離れる。くるくるとツインテールをいじり、彼女は途端に興味を失っ

たように、

「……へえ、そう」

　とだけ言った。

　幸太《こうた》は眉を持ち上げる。

「おまえ昨日、ファミレスにいたんじゃなかったのか」

　クリスの姿をはっきりと認めたわけではない。だけど、クリスのことだから尾《つ》けてくるだろう、とは思っていた。氷雨《ひさめ》とのデートを見られていても、すべての事情を知っているクリスだったら構わない。

　もしクリスがファミレスにいたのなら、彼女は幸太《こうた》と氷雨《ひさめ》がよりを戻していないことくらい把握しているはずだ。

　会話が聞こえなくても、クリスは表情を見るだけで心の声が正確に読める。幸太《こうた》は幾度もそれに助けられてきたのだ。

　訝《いぶか》しむ幸太《こうた》に、クリスは肩を竦《すく》めた。

「さあ、どうだったしら？」

「おい……」

「幸太《こうた》くん、男子の進路希望調査は集まりましたか？」

　不意に呼びかけられた。

前を向くと、プリントの束を抱えた氷雨《ひさめ》がいた。教室にいる彼女は、昨日のデートのときとは違って凜《りん》とした冷たい空気を纏《まと》っている。

氷雨《ひさめ》がチラ、と幸太《こうた》の後方に視線を走らせた。

瞬間、クリスと氷雨《ひさめ》の目がぶつかり烈《はげ》しい火花が散った気がした。

「ああ、集まったよ」

「女子も集まりました。先生に届けに行きましょう」

学級委員の仕事を果たすべく幸太《こうた》は立ち上がった。進路希望調査の紙束を手に、職員室を目指す。

「コータは文系と理系、どっちにしたの？」

並んで歩く氷雨《ひさめ》と幸太《こうた》、その後ろでクリスは訊《き》いた。

進路希望調査では進学先の希望を書くだけではなく、文理選択の欄まであった。

「俺は文系一択だな。理系に行ける気がしない」

「同じ！　じゃあ二年も授業一緒ね」

ふふん、とクリスは上機嫌だ。と、

「……奇遇ですね。わたしも文系を選択しました」

「は⁉」「え？」

クリスと幸太《こうた》の声が重なった。

氷雨《ひさめ》は平静な顔で問う。

「何をそんなに驚いているのですか？」

「いやだって、氷雨《ひさめ》は理系に行くものとばっかり……」

「あなた、数学専攻じゃなかったの？」

「はい、ですから高校で習う範囲は既に勉強済みです。せっかくなので、別の分野をやってみたいのです」

「なんて強すぎる理由だ……」

理系科目ができないから、と文系にした幸太《こうた》とは大違いである。

「それより、いつまでクリスさんは付いてくるつもりですか？」

氷雨《ひさめ》はわずかに首を傾けてクリスを見る。

「わたしたちは学級委員の仕事として職員室に向かっています。クリスさんが付き合う必要はありません」

「はっ、わたしが邪魔だと言いたいの？　わたしが用があるのはコータだけよ。あなたには関係ないでしょう」

「ですから今、幸太《こうた》くんはわたしと学級委員の仕事中なのです。あなたに付《つ》き纏《まと》われると迷惑なのです」

「コータが迷惑かどうか、どうしてヒサメが決めるの？　一度デートしたくらいで調子に乗ってるんじゃないかしら」

「クリスさんこそ恋人でもないのに幸太《こうた》くんにベタベタと纏《まと》わりついて、はしたないとは思わないのですか?」

「何ですって?　わざとコータにくっ付いて写真を撮るあざとい女に言われたくないわ!」

「っ、あれはわざとではありません!　破廉恥な誰かと一緒にしないでください」

「誰が破廉恥よ、猫かぶり女!」

「あなたですよ、性悪女狐《ヴィクセン》!」

「ぁの、二人とも――」

戦火が派手に上がり、見かねた幸太《こうた》が仲裁しようとしたときだった。


「待ちなさい、北大路《きたおおじ》さん――‼」


先生の大声と同時に、職員室のドアがスパンッと開いた。

「もうこれ以上、話すことはないです。わたしは帰ります」

いつになく頑《かたく》なな面持ちで出てきた二愛《にあ》は、幸太《こうた》たちを見るなり足を止めた。どうしてここにいるのだ、という顔だ。

その隙に二愛《にあ》の担任が追《お》い縋《すが》ってきた。

「話はまだ終わっていませんよ、北大路《きたおおじ》さん。進路希望調査は保護者とよく話し合ってから提出するように、と言ったじゃありませんか。お父さんが言うように、私も北大路《きたおおじ》さんが大学に進学しないのは──」

「だからわたしには受験勉強してる暇なんかないって言ってるの！」

ビリビリと鼓膜が震える。こんな風に声を荒げる二愛《にあ》を幸太《こうた》は初めて見た。クリスも氷雨《ひさめ》も停戦して二愛《にあ》を注視している。

ポニーテールを逆立て、二愛《にあ》は教師を睨《にら》み上げた。

「受験勉強するくらいなら、その時間で作品を作ったほうがいい。わたしは陶芸家として生きていくんだから！」

「北大路《きたおおじ》さんの希望はわかりましたが、陶芸家とは不安定な職業です。それだけで生計を立てるのは並大抵のことではなく、将来のことを考えたら大学に進学して選択肢を広げておいたほうが──」

「考えてるもん、将来のこと。陶芸以外の選択肢だってちゃんと考えてる」

「何を考えていると言うんですか？」

「ケッコン」

は？　と教師が虚を衝《つ》かれた顔になった。

二愛《にあ》は素早くやってきて、幸太《こうた》の腕を抱え込んだ。

「わたしはここにいるコーくんとケッコンしまーす！」

ちょ、と慌てる。

先生を前にして、いきなりの結婚宣言。確かに幸太《こうた》と二愛《にあ》は幼稚園のときに結婚の約束をした。だけど、それを吹聴されるのは幸太《こうた》としては望ましくない。

先生もあからさまに狼狽《うろた》えている。

「北大路《きたおおじ》さん、私は真面目に話しているのですよ⁉」

「わたしだって大真面目だから。……コーくん、先生に証拠見せてあげよ？」

二愛《にあ》の両手が幸太《こうた》の顔を挟んだ。

ぐい、と彼女のほうに顔を向かされる。

証拠？　と考えていた幸太《こうた》は反応が遅れた。二愛《にあ》の顔が急速に迫る。

外野から小さく悲鳴が上がった。すぐ傍《そば》で先生が息を呑《の》む気配がする。

「っ……⁉」

幸太《こうた》の唇には二愛《にあ》のが重なっていた。

間近にある伏せられた睫毛《まつげ》。それが小刻みに震えている。

ぶつけるように当てられた唇は、荒っぽい動作とは裏腹に、しめやかで柔らかく──。

呆然《ぼうぜん》とした幸太《こうた》の手から進路希望調査の束が滑り落ち、廊下に散らばった。

二章 邪魔者は出し抜けない

KONNA KAWAII IINAZUKE GA IRU NONI, HOKA NO KO GA SUKI NANO?

職員室前でキスシーンを披露した後、四人は早急に校舎を後にした。主に幸太《こうた》がいたたまれなかった。

どうしてあんなことをしたのか。

二愛《にあ》に問いただすと、あっけらかんとした答えが返ってきた。

「別に初めてじゃないじゃん」

最寄り駅に続く田舎道はすっかり冬支度を終えている。軽い足取りで先を行っていた二愛《にあ》は、得意げな笑みを浮かべて振り向く。

「コーくんとキスするの、初めてじゃないもんねー。クリスちゃんとひさめちゃんはどうだか知らないけど」

「えっ」

「何ですって?」

「それは本当ですか……?」

二愛《にあ》の衝撃発言に、幸太《こうた》もクリスも氷雨《ひさめ》も驚きの声を返す。

と、二愛《にあ》がギョロリ、と幸太《こうた》を見た。

「なんでコーくんが驚いてるの？」

彼女の瞳孔が開いている。

ヤバい、と思ったときには、幸太《こうた》のネクタイは二愛《にあ》に捕らえられていた。

「まさか忘れたわけじゃないよね？　ラーメン屋さんごっこでコーくんのお嫁さんになったとき、わたしたちよくキスしてたじゃん。ケッコンしたらするんだからそのときからしてても何も問題ないし、コーくんだって喜んでたもんね。忘れるとかありえないしコーくんはそんなクズじゃないってわたし信じていいんだよね。女の子の大事な大事なファーストキスを奪っておきながら昔のことは忘れましたとか許されるはずがないもんね？」

（締まる……！　首が締まってる……！）

二愛《にあ》が凄《すさ》まじい膂力《りょりょく》でネクタイを引き、ギリギリと襟を締め上げてくる。息ができない。

「コーくん、答えて？」

「……ワスレテナイデス」

嘘《うそ》だ。

だが生命の安全のためにはそう言うしかなかった。

幸太《こうた》の答えを聞いて、二愛《にあ》はぱっとネクタイを放す。さっきまでの狂気はどこへやら。無邪気な笑顔で「えへへ、そうだよね。よかったー」とか言っている。

幸太《こうた》はゴホゴホっとせき込んで呼吸を確保した。脳内に酸素が戻ってくると同時に、重苦しい事実が圧《の》しかかってくる。

（マジかあ……五歳の俺、なんてことしてんだよおおおっ！）

二愛《にあ》とキスまでしていた。

お互いファーストキスだった。

これはもう言い逃れできない。婚約に続いてキスまで。幸太《こうた》の逃げ道は五歳のときに完全に塞がれていたのだ。

「へえぇ、まさかコータが経験済みだったなんて予想外ね」

突き放したような声がした。クリスが幸太《こうた》の左隣で不機嫌そうに腕を組んでいる。

「け、経験済みって、その言い方は語弊があるだろ……」

「何も間違ってないと思うけど？　わたしにはしてくれてないのになー」

「それは……！」

「どさくさに紛れて何を要求しているのですか、女狐《ヴィクセン》が」

右隣から冷ややかな声が割り込んだ。氷雨《ひさめ》は牽制《けんせい》するような一瞥《いちべつ》をクリスに投げ、はあ、と深いため息をつく。

「とはいえ、わたしもショックです」

「え」

「よもやラーメン屋さんごっこの裏でそのような破廉恥な行為が行われていたとは」

う、と幸太《こうた》は詰まった。

クリスにも氷雨《ひさめ》にも見放されたら孤立無援だ。幸太《こうた》は弁解するため、口を開く。

「いやあの、当時は大変幼かったので――」

「幼くても約束は約束だよ」

二愛《にあ》はくるりと回る。彼女の足元でスニーカーが軋《きし》んだ音を立てた。

「コーくんには絶対わたしとケッコンしてもらうから」

契約を取りつけた悪魔のように微笑《ほほえ》む二愛《にあ》。

その唇に思わず目が行ってしまい、幸太《こうた》は目を逸《そ》らした。

「そんなことが許されると思っているのですか？」

声を上げたのは意外にも氷雨《ひさめ》だった。

拳を握った彼女は前に出て、二愛《にあ》と対峙《たいじ》する。

「幸太《こうた》くんと婚約したのはあなただけではありません。複数の婚約がある時点で、もはや婚約など意味を為《な》さないではありませんか」

「でも、ひさめちゃんは婚約解消したじゃん。もう許嫁《いいなずけ》じゃないんだから関係ないよね。ウケるー」

「今、わたしは祖父を説得中です！　祖父さえ説得できれば許嫁《いいなずけ》に戻れるはずなのです……！」

「おつかれさまー。でもさ、ひさめちゃん忘れてない？　わたしはコーくん本人と婚約してるんだよ？　コーくんがわたしにプロポーズしたんだよ？　自分が負け犬だって現実見たほうがいいんじゃない――？」

意地悪く煽《あお》る二愛《にあ》。

だが、氷雨《ひさめ》は引き下がらなかった。

「負け犬？　それは、北大路《きたおおじ》さんが幸太《こうた》くんに好かれていて、わたしが好かれていないと言いたいのですか？」

理知的な眼光が二愛《にあ》を射る。

「だとしたら北大路《きたおおじ》さんの認識違いです。わたしは一度、婚約とは関係なく幸太《こうた》くんに告白されています。もし幸太《こうた》くんが北大路《きたおおじ》さんをずっと心に留《とど》めていたなら、わたしに告白するはずがないではありませんか。少なくとも今年の夏休み前の時点では、幸太《こうた》くんの気持ちはわたしにあったのです」

「……つまんない子になったね、ひさめちゃん」

「つまらないとはどういう意味ですか⁉」

「あのさ、コーくんがひさめちゃんに告白したのは、遊びだから。勘違いしないでくれる？」

乾燥した木枯らしが四人の足元を吹き抜けていった。

誰にも反駁《はんばく》を許さない低い声で二愛《にあ》は告げる。

「コーくんがプロポーズしたのはわたしだけなの。いくら告白されたからって、ひさめちゃんはプロポーズされたわけじゃないでしょ？」

「それは、その通りですが……」

氷雨《ひさめ》が助けを求めるように幸太《こうた》を見た。

だが、幸太《こうた》に言えることはない。二愛《にあ》にプロポーズして、氷雨《ひさめ》にプロポーズしていないのは事実だからだ。

二愛《にあ》の目が幸太《こうた》に留まった。

「……コーくん、近いうちにわたしの両親に会ってもらうかも」

「え⁉」

「陶芸じゃ生きていけないってうちのお父さんうるさいからさ、婚約者としてコーくん、ビシッと言ってあげてよ。コーくんがラーメン作って、わたしがどんぶり作って生きていくから大丈夫だって」

「なっ、高校生の俺がそんなこと言ったって説得力の欠片《かけら》もないだろ！」

「そこはコーくんの腕の見せ所じゃない？　わたしとケッコンするためなんだから、頑張れるよね？」

「待ってくれ。無茶言うなよ……。進路の話だったら、俺じゃなくておまえが親と話し合うことじゃないのか？」

「わたしの進路にはコーくんが大きく関わってるんだから、コーくんが話すのは当然でしょ？　大丈夫、わたしもフォローするし」

「フォローって……冷静に考えてくれ。これはおまえの将来の話だろ。俺が将来、親父《おやじ》のラーメン屋を継ぐとして、おまえがそこでどんぶりを作る。そんな話でおまえの親を説得できるわけないだろ⁉」

「親にケッコンを反対されるって、なかなかドラマチックじゃない？　コーくん、貴重な経験できてよかったね」

「よくねーよ！　頼むから考え直してくれ。おまえの親に会うとか俺には荷が重すぎる……」

「婚約者なんだからわたしのお父さん説得できるよう、ちゃんと考えておいてよ。今度また聞くからね」

いつものごとく一方的に告げた二愛《にあ》は走り去っていった。何をそんなに急いでいるのか、赤みがかったポニーテールはすぐに見えなくなった。

二愛《にあ》がいなくなった後、辺りには微妙な空気が流れた。三人の足音がばらばらと冷たい風に混じる。遠くで石焼き芋を売る声がしていた。

「一つ、確認したいことがあります」

思い詰めた声で氷雨《ひさめ》が言った。

「幸太《こうた》くんは遊びでわたしに告白したのでしょうか？」

「今訊《き》くことが、それ？」

クリスが呆《あき》れたように天を仰いだ。

氷雨《ひさめ》はクリスには目もくれず、幸太《こうた》に迫ってくる。

「北大路《きたおおじ》さんの台詞《せりふ》を幸太《こうた》くんは否定しませんでした。それはやはり、わたしとの交際は遊びでしかなく——」

「遊びじゃないよ……」

「本当でしょうか？」

「俺は真剣に交際したいと思ってた！」

その言葉に断じて嘘《うそ》はない。

「告白したときは氷雨《ひさめ》以外考えられなかったし、将来は本気で結婚したいとまで——」

え、と氷雨《ひさめ》が小さく声を上げた。みるみるうちに彼女の頬は染まっていき、氷雨《ひさめ》は両手で頬を押さえる。

「こ、幸太《こうた》くんがそこまで想《おも》っていてくれていただなんて、わ、わたし……か、感激で……」

「おじさーん、焼き芋二つー!!」

大音声《だいおんじょう》が耳をつんざいた。

叫んだクリスは石焼き芋の軽トラにダダダと走っていき、同じ勢いで戻ってくる。

「冬になると焼き芋が食べたくなるわよね。ほら、コータにも分けてあげるわ」

半分に割った石焼き芋。それをクリスは幸太《こうた》の頬に押しつけた。

「あっつ！　熱いってクリス！」

「寒いんだからすぐに冷めるわよ」

「んな簡単に冷えるかっ」

避けてもクリスは執拗《しつよう》に芋を突きつけてくる。

「うーん、香ばしくていい匂い。うち専属の石焼き芋屋を雇いたくなるわね」

「勝手にしろ、セレブが！」

クリスの手から焼き芋を奪い、ようやく幸太《こうた》は頬の灼熱《しゃくねつ》から逃れた。

ジト目で彼女を見るが、芋を頬張るクリスは素知らぬ顔だ。彼女の両頬が膨れているのは果たして芋のせいだろうか？

「あ、ヒサメにもあげるわ」

はい、とクリスは紙袋ごと焼き芋を氷雨《ひさめ》に差し出す。

「……悪意しか感じないタイミングで買いに行きましたね」

「焼き芋ごときで遠慮しなくていいのよ」

「はあ、ではいただきます」

紙袋を受け取った氷雨《ひさめ》は焼き芋を出した。

「それで幸太《こうた》くんは北大路《きたおおじ》さんと結婚するつもりなのですか？」

焼き芋のいい香りが三人を取り巻いている。

幸太《こうた》は首を振った。

「考えられない……」

「でしたら何故《なぜ》、それを北大路《きたおおじ》さんに伝えないのですか？」

「コータの性格上、言えるわけないでしょ」

クリスは口の中の芋を飲み込んで続ける。

「北大路二愛《きたおおじにあ》との婚約はコータ本人がしたのよ。誰のせいにもできない。一度した約束を違えるのは、バカ真面目なコータの信条に反するわ」

「バカ真面目とは何ですか。真面目なのは幸太《こうた》くんの長所ではありませんか」

「それが仇《あだ》になって、今こんなことになってるんでしょ。真面目もここまでくるとバカよ。北《きた》大路二愛《おおじにあ》に押し切られるなんて、ほんとバカ」

「幸太《こうた》くんを貶《けな》すのですか？　クリスさんがそのつもりならわたしも黙っていませんが――」

「いや、クリスの言う通りだよ」

喧嘩《けんか》に発展する前に、幸太《こうた》は口を挟んだ。

「俺から二愛《にあ》に『婚約解消してくれ』とはそう簡単に言えないんだ。二愛《にあ》は五歳のときからずっと、俺との将来を考えて陶芸に打ち込んできたんだぞ。今さら婚約はナシだとは言えないだろ……」

幸太《こうた》のラーメンどんぶりを作るため、二愛《にあ》は陶芸を十年も続けてきたのだ。

婚約は幼いときの「遊び」だったと告げられる時期は、とうに過ぎ去っている。

「そう、ですか……」

「ま、そうなるわよね」

氷雨《ひさめ》が失望を滲《にじ》ませ、クリスは肩を竦《すく》める。幸太《こうた》は慌てて言った。

「でも、俺だって結婚は好きな人としたい。婚約解消は言い渡せないけど、婚約解消はできると思っている！」

「どういうことでしょう？」

「クリス」

首を捻《ひね》る氷雨《ひさめ》を置いて、幸太《こうた》は金髪の少女に向き直る。

「俺たちなら二愛《にあ》との婚約を解消できる。そうだろ？」

「──」

焼き芋をモグモグしているクリスは遠くを見たままだ。

幸太《こうた》にとってクリスは同盟者だ。これまで二人は望まない婚約を解消してきた。すべてはクリスの策があったおかげだ。

「婚約解消同盟、最後の会議をしようか――？」

幸太《こうた》はノートを出すと、議事録の準備をした。

「そういうことですか」

得心したように氷雨《ひさめ》が口を開く。

「確かにこの前のクリスさんの方策は見事でした。わたしと幸太《こうた》くんの婚約をしっかり解消してくれましたもんね。その手腕を今回も見てみたいものです」

「……わたしを利用しようったってそうはいかないわよ」

ボソっとクリスが呟《つぶや》く。

「もちろんコータと北大路《きたおおじ》二愛《にあ》の婚約を解消する方法はあるわ。世界のクリスティーナ・ウエストウッドに不可能はないのよ」

クリスの口からようやく自信満々な台詞《せりふ》が聞けて、幸太《こうた》は心底ほっとした。

「それで、その策は？」

「動かないことよ」

「……は？」

想像もしなかった返答に幸太《こうた》は呆気《あっけ》に取《と》られる。

クリスは幸太《こうた》の手からペンを奪い取ると、議事録に大きく書いた。

『動かないこと！』

「今回はコータが動かなくていいの。下手に何かしたら、かえって事態は悪化するわ。北大路《きたおおじ》二愛《にあ》が勝手に自滅してくれるのを待つのみ」

「待ってください。それは本気で言っているのですか？」

氷雨《ひさめ》が割り込んできた。彼女はクリスを睨《にら》みつける。

「何もしなければ、北大路《きたおおじ》さんが許嫁《いいなずけ》として助長するだけではありませんか。幸太《こうた》くんだって北大路《きたおおじ》さんが許嫁《いいなずけ》のままでは困るからクリスさんに相談しているのに」

「だからわたしは最適な案を出したじゃない」

「どこが最適なのですか？　わたしには無策と言っているようにしか聞こえません」

「ああそう。別にわたしはあなたに提案したんじゃないわ」

「幸太《こうた》くん！」

氷雨《ひさめ》がこっちを向いた。

「クリスさんはお話になりません。わたしたちで案を考えるべきです」

「えーっと、じゃあ、氷雨《ひさめ》はどうすれば二愛《にあ》との婚約を解消できると思う？」

「幸太《こうた》くんが婚約解消を言い出せないのでしたら、北大路《きたおおじ》さんが婚約解消したくなるよう仕向ければいいのです。それしかありません」

「具体的にはどうやって？」

「それは……」

氷雨《ひさめ》は難しい顔になって視線を漂わせる。

夕焼け空をカラスが横切っていく間、たっぷり熟考した氷雨《ひさめ》は結論を出した。

「……激辛料理を振る舞うのです」

「え？」

「何を言うかと思ったら……」

呆《ほう》ける幸太《こうた》に、鼻を鳴らすクリス。

氷雨《ひさめ》は拳を握って力説する。

「もし婚約者が激辛料理でもてなしてきたらわたしは耐えられません。きっとその婚約者に幻滅するでしょう。北大路《きたおおじ》さんには悪いですが、婚約解消するためです。幸太《こうた》くんには彼女が逃げ出すような激辛料理を――」

「それで逃げ出すのは氷雨《ひさめ》だけじゃないかな……」

「まったくね。北大路《きたおおじ》二愛《にあ》には『辛《から》いものが苦手』という特性はないわ」

「では、彼女が苦手とする料理を用意し――」

「嫌いなものを食卓に並べただけでヒサメは引き下がってくれるの？　だとしたら、その情報はもっと早く知りたかったわね」

「うっ……」と氷雨《ひさめ》が言葉を飲み込んだ。

「で、でしたら、北大路《きたおおじ》さんが諦めてくれるよう、幸太《こうた》くんがダメな男の人を演じればいいのです」

「ダメな男？」

「例えば、将来の見込みがないような成績だったり、経済的に問題があったり、複数の女性と婚約していたり」

「全部事実……！」

「あなた、それでもコータがいいんじゃないの？」

「もちろんです。幸太《こうた》くんにはそれらを上回る長所があります」

「自分で論破してどうするのよ⁉」

クリスは苛立《いらだ》たしげにツインテールを乱した。

「真面目に聞くだけ無駄だったわ。まあ、いいんじゃない？　ヒサメの案を採用したところで何も変わらないもの。好きにすればいいと思うわ」

「棘《とげ》のある言い方ですね。無策よりは建設的だと思いますが」

「──信じるよ」

幸太《こうた》の声に二人が首を回す。

ノートに書かれた丸文字を見て幸太《こうた》は言った。

「クリスが『動くな』と言うなら、それが正しいんだろ。俺はクリスを信じる」

「っ」とクリスがたじろいだ。

「幸太《こうた》くん、クリスさんを信用するのは賢明ではありません。わたしはこの前、クリスさんに騙《だま》されたのです」

「騙《だま》してはないわ。あなたがわたしの思惑を読めなかっただけで」

「こんな人を信用するのですか⁉」

「するよ」

間髪入れず幸太《こうた》は返した。

「クリスだって俺と二愛《にあ》の婚約を解消したい。そうだよな？」

ツインテールをいじりながら、クリスは「……そうね」とだけ言った。

「だったら、婚約解消同盟において俺を騙《だま》すことはないだろ。今までの経験上、クリスの策が間違っていたことは一度もない」

それは絶対的な信頼だ。

同盟者として幸太《こうた》は誰よりもクリスを信じている。

幸太《こうた》の意思が固いのを悟ったのか、氷雨《ひさめ》が「はあ……」と折れる。それでもまだ不本意そうな顔だ。

クリスは落ち着かなく身体《からだ》を揺らしていた。照れているのか、耳が赤い。

「……そう。コータがそこまで言ってくれるなら、一つ教えておくわ。どうしてヒサメの案がダメなのか」

氷雨《ひさめ》と幸太《こうた》が注視する中、クリスは人さし指を立てた。

「コータの悪いとこを見せて北大路《きたおおじ》二愛《にあ》を幻滅させようってのがヒサメの策。だけど、それは北大路《きたおおじ》二愛《にあ》がコータに惚《ほ》れてないと成立しないのよ」

「それはそうだけど……」

「妙なことを言いますね。まるで北大路《きたおおじ》さんが幸太《こうた》くんに惹《ひ》かれていないみたいな口ぶりです」

「まるで、じゃないのよ。事実、彼女は幸太《こうた》に恋してないの」

「荒唐無稽です。好きではないなら何故《なぜ》、幸太《こうた》くんに結婚を迫るのです？」

「さあ？」

「『さあ？』とは何ですか？」

「わたしもすべてを理解しているわけじゃないわ。ただ、いくつかの情報からそういう結論が導き出せるってだけ」

「証拠を求めます」

氷雨《ひさめ》はクリスの発言をまったく信じていない様子だ。

「例一。北大路《きたおおじ》二愛《にあ》はコータが誰と付き合っても無関心。それってどう思うかしら？」

「許嫁《いいなずけ》の余裕でしょうか。大変腹立たしいですが」

「じゃあヒサメ、あなたはコータと婚約していたとき、コータの傍《そば》にわたしがいても動じなかったと言うのね」

「そんなわけないではありませんか！」

キッと氷雨《ひさめ》はクリスを睨《にら》む。

クリスは両手を広げた。

「ほらね。本当に好きだったら、許嫁《いいなずけ》であろうがなかろうが、他の女が近付くのを許せるわけがないでしょう？」

「……一理あります」

「例二。北大路《きたおおじ》二愛《にあ》が以前通っていた高校は常盤《ときわ》第一なんだけど」

「え、めちゃくちゃ頭いいとこじゃないか」

県内トップの進学校だ。なんで転校してきたのか謎である。

「そこで彼女と親しかった子とコンタクトが取れたわ。情報によると、北大路《きたおおじ》二愛《にあ》ははっきりこう言ったことがあるそうよ。――『陶芸がわたしの恋人だから』」

しばしの沈黙が下りた。

幸太《こうた》も氷雨《ひさめ》もその台詞《せりふ》がどういう意味か考える。

「北大路《きたおおじ》二愛《にあ》はまったく恋愛に興味がない、という証言は彼女の中学時代からも取れているわ。彼女はいつもそう言って、告白を断ってきたそうよ」

「幸太《こうた》くんという婚約者がいるのですから、恋愛に興味がないのは当然でしょう。ましてや恋人を作るなんて」

「だったら何故《なぜ》、『婚約者がいるから』と正直に言わなかったのかしら。陶芸を理由にしたわけは？」

「恥じらい、でしょうか……？　婚約者がいるというのは、やはり、どことなく気恥ずかしいものですし……」

「北大路《きたおおじ》二愛《にあ》がそんな繊細さを持ち合わせているとでも？　さっき職員室前で彼女がやったことを忘れたの？」

氷雨《ひさめ》が黙り込んだ。

「以上がわたしが示せる根拠よ。北大路《きたおおじ》二愛《にあ》は本当はコータに恋愛感情を抱いていない。だから、幻滅させることもできないのよ」

「なんだか厄介だな……。まだ惚《ほ》れられていたほうが解決策があったかもしれない」

「わたしが『動かないこと』と言ったのも理解してくれたかしら？」

「これまでと同じように動いても意味がないのはわかった」

クリスとの婚約を解消したときとも、氷雨《ひさめ》との婚約を解消したときとも状況が違う。これは新たなパターンだ。

だが——、と幸太《こうた》はクリスを見つめた。

（『動かない』は本当に最善の策なのだろうか？）

クリスのことは信用しているが、今回の策を『動かない』とした真意は聞いていない。二愛《にあ》は自滅するとクリスは言ったけれど、幸太《こうた》にはその道筋が見えないのだ。

幸太《こうた》の視線に気付いていないのか、クリスは明後日《あさって》のほうを向いている。

ふと幸太《こうた》はスマホを出した。

「やべっ、バイトの時間だ！」

気付けば、ファミレスバイトの時間が迫っていた。二人に「じゃ！」と言うなり、幸太《こうた》は駆け出す。

幸太《こうた》がいなくなり、残されたクリスと氷雨《ひさめ》は顔を見合わせた。

「わたしはあなたを信用していませんから」

敵愾心《てきがいしん》のこもった眼差《まなざ》し。捨《す》て台詞《ぜりふ》を投げた氷雨《ひさめ》は駅へ去っていく。

クリスは鼻を鳴らした。

「……信用してもらわなくて結構よ」

一人になり、クリスは夕陽《ゆうひ》で赤く染まった景色に目を細めた。夕暮れの木枯らしが長い金髪をもてあそぶ。

——そう、『動かない』はベストな策じゃない。動かなければ、現状が維持されるだけだ。

でも、それで構わない。

今、婚約解消同盟がなくなるほうが、幸太《こうた》の同盟者でなくなるほうが、クリスにとっては痛手なのだ。

「すべての婚約を解消しちゃったら、わたしは何になるのよ、コータ……」

涙声は風に攫《さら》われて消える——。

◆◆◆

夜。自室のベッドに正座し、氷雨《ひさめ》はスマホを見つめていた。

かれこれ一時間近くもそうしているのは、着信があったとき即座に取れるようにだ。

学校から帰宅したところで氷雨《ひさめ》は幸太《こうた》に電話をかけた。彼はバイト中なのか出なかったけれど、着信に気付いたらかけ直してくれるだろう。

たとえかけ直してくれなくても、だ。もう少ししたらまた電話してみようと思う。

この会話は絶対に邪魔が入らない状態でしたい。

だからこそ、氷雨《ひさめ》は教室で話しかけるのではなく、電話をかけるという英断をしたのだ。

ブルブルとスマホが震え、氷雨《ひさめ》は飛び上がった。

画面に表示された名前を確認し、通話をタップする。

「……幸太《こうた》くん、ですか？」

『氷雨《ひさめ》？　着信あったけど、どうかした？』

　いつも通りの優しい声にほっとした。

「い、いきなり電話して、ご迷惑ではなかったですか？」

『うん、大丈夫。氷雨《ひさめ》が電話してくるなんて珍しいね』

　珍しいどころではない。氷雨《ひさめ》が幸太《こうた》に電話をかけるのは初めてである。普段、連絡はメッセージのみなのだ。

「はい、お聞きしたいことがありまして」

　呼吸を整えた後、氷雨《ひさめ》は意を決して切り出した。

「幸太《こうた》くん、今週末の予定は空いていますか？」

『えっと、日曜なら一日空いてるけど？』

「で、でしたらですね、わっ、わたしと、デ……デ………！」

　そこで氷雨《ひさめ》の言葉は詰まってしまう。メッセージではなく電話にしたのも、文章で書けなかったからなのだ。

（ううううう、言えません……！　この前は「お礼」だからデートを要求できましたが、本来それは恋人同士がするもの。まだ恋人に戻ってもないのにまたデートしてほしいなんて、幸太《こうた》くんにどう思われるでしょう。厚かましいとか思われてしまったら……ああああそんなリスクは冒せません。やっぱりデートに誘うのはナシです！）

『氷雨《ひさめ》？　で、の後は？』

「でっ、ででで出掛けてほしいのです！」

上手《うま》く乗り切った、と安堵《あんど》する氷雨《ひさめ》。

だが、幸太《こうた》は「出掛ける？」と訝《いぶか》しげになった。スマホの向こうからは微妙な緊張が漂ってくる。

『……それってさ、もしかしてデート――』

「違いますっ」

食い気味に氷雨《ひさめ》は返した。

「い、一緒に出掛けてほしいと言ったのは、調査したいことがあるからです」

『調査？』

「はい、調査です。幸太《こうた》くんは不思議に思いませんか？　北大路《きたおおじ》さんがどうして幸太《こうた》くんの許嫁《いいなずけ》であり続けようとするのか」

『それは、五歳のときに約束したから……』

「北大路《きたおおじ》さんが幸太《こうた》くんを好きで好きで堪《たま》らないならわかります。ですが、クリスさんは北大《きたおお》路《じ》さんに恋心はないと言いました。好きでもないのに婚約を続けるのは矛盾しています。もっとも、クリスさんの憶測が正しい保証もないのですが」

『いや、クリスの見立ては間違ってないだろう。そこは信用できる』

　モヤモヤとしたものが胸に広がった。

（あの女狐《ヴイクセン》……どこまで幸太《こうた》くんの信頼を勝ち得ているのですか。幸太《こうた》くんが彼女の言いなりになるなんて、そんなことあってはなりません……！）

「クリスさんの『動かない』という指示にも本気で従うつもりですか？」

『まあ、クリスが言うなら』

「幸太《こうた》くん、よく考えてください。北大路《きたおおじ》さんに謎があるのは明白です。ですが、わたしは北《きた》大路《おおじ》さんについてほとんど知りません。幸太《こうた》くんも幼稚園のとき遊んだだけで、彼女のことをあまり憶《おぼ》えていないのではありませんか？」

『うん、正直言ってあんまり記憶はない……』

　クリスと幸太《こうた》、氷雨《ひさめ》で会話しているとき、二愛《にあ》の情報を持っているのはクリスだけだった。

一体、あの女狐《ヴイクセン》はどうやって情報収集しているのか……。

　いずれにせよ、二愛《にあ》を知らなければ、幸太《こうた》と二愛《にあ》の婚約解消への手がかりは摑《つか》めないと氷雨《ひさめ》は思う。

「わたしは北大路《きたおおじ》さんが陶芸を習っていた窯元をネットで見つけました。そこに行けば北大路《きたおおじ》さんと親しい人がいて、彼女について知れると思うのです」

『二愛《にあ》がずっと陶芸をやっているのは間違いないもんな。窯元を訪れれば、二愛《にあ》を知れる手がかりがあるかもしれない』

ただ、と幸太《こうた》は渋る。

『動くなと言われたのに行動するのは、クリスが何て言うか……』

「クリスさんは関係ありません！」

氷雨《ひさめ》は断言した。

「北大路《きたおおじ》さんを知るのは自由ではないですか。幸太《こうた》くんだって気になるでしょう。彼女は一応、許嫁《いいなずけ》なのですよ？　彼女の対応に幸太《こうた》くんも困っていましたよね？　相手を知っておけば、対処法もわかるかもしれません」

『それは切実に知りたい』

「で、では……？」

『日曜日、窯元に行ってみようか』

「はい、一緒に行きましょう」

望み通りの返答に、氷雨《ひさめ》の心が浮き立つ。

しかし、スマホの向こうからは逡巡《しゅんじゅん》する気配がしていた。

「幸太《こうた》くん……？」

『えーっとさ、氷雨《ひさめ》も二愛《にあ》のことを知りたいってのは、俺と二愛《にあ》の婚約解消に協力したいってこと……？』

「当たり前です」

強い声が出た。

「幸太《こうた》くんに許嫁《いいなずけ》がいたら交際するのも憚《はばか》られます。幸太《こうた》くんだって二股のように思われるのは不本意ではないですか？」

『それはそうだけど……』

彼の声が妙に歯切れ悪い。戸惑っているような気配がする。

『……いや、俺との交際を前向きに考えてくれているんだなって……』

「っ‼」

（またわたしは何てことを口走っているのですか！　幸太《こうた》くんの恋人に戻ってもいないのに、交際するのを前提に話してしまいました……）

嫌な汗が全身から噴き出す。

スマホからは微妙な空気が流れていた。

今すぐ消えていなくなりたい。羞恥心のあまりベッドで身悶《みもだ》えていた氷雨《ひさめ》だったが、やがて彼女は覚悟を決めた。口を開く。

「い、以前にも言いましたが、わたしはまだ諦めていません……わたしの気持ちは変わっていませんので、幸太《こうた》くんからよい返事が聞けるのを待っています。ですからですね、幸太《こうた》くんには北大路《きたおおじ》さんとの婚約に惑わされることなく考えてほしくてですね……」

モゴモゴと尻すぼみになった声に氷雨《ひさめ》の状態を察したのか、幸太《こうた》は『……うん、わかった。

ありがとう』と言った。

電話が切れる。

五分にも満たない通話を終え、氷雨《ひさめ》は魂が抜けたようにベッドに倒れ込んだ。茹《ゆ》で上《あ》がった顔を枕に埋める。

(やった、やりました……！　幸太《こうた》くんと休日、一緒に出掛ける約束を取りつけました。デートではないと言いましたが、これは実質デート！　幸太《こうた》くんと仲を深めるチャンスです。今から日曜日が待ち遠しいです)

氷雨《ひさめ》の自室からはしばし、脚をバタバタさせる音がしていた。


そして、迎えた日曜日。

身体《からだ》のラインがよく出るロングニットに、黒タイツ。ベレー帽で上品さを出した氷雨《ひさめ》は幸太《こうた》と待ち合わせした駅へ向かっていた。

(幸太《こうた》くんは今日の恰好《かっこう》、喜んでくれるでしょうか……？)

自分なりに精一杯オシャレしたつもりだ。

道行く人の視線がいつもより多いように感じられる。幸太《こうた》に早く会いたくて、氷雨《ひさめ》の足は自然と速まった。

駅舎に着いて視線を巡らせる。

柱に彼の姿を認め、氷雨《ひさめ》は駆け寄った。

「幸太《こうた》くん――っ⁉」

足が止まる。

氷雨《ひさめ》の声に気付いて幸太《こうた》が振り向いた。

「おはよう、氷雨《ひさめ》」

にこやかに幸太《こうた》が挨拶してきたが、氷雨《ひさめ》は絶句していた。

幸太《こうた》の横には忌々《いまいま》しい女狐《ヴィクセン》、もといクリスがさも当然のように寄り添っていたのだ。

(何故《なぜ》……⁉　何故《なぜ》、わたしたちのデートに女狐《ヴィクセン》がいるのですか⁉)

フェミニンなセーターに合わせているのは、ショートパンツにニーハイソックス。流行のファッションを取り入れつつ、クリスの脚の長さが際立《きわだ》つ服装だ。同じ女子として、気合いが入っているのが一目でわかる。

愕然《がくぜん》としている氷雨《ひさめ》を見て、クリスは軽く鼻を鳴らした。

「コータ、今日の『調査』にわたしも誘ったって、ヒサメに言ってなかったの？　ヒサメがびっくりしてるじゃない」

「誘った……？　幸太《こうた》くん、どういうことですか？」

幸太《こうた》が戸惑った顔になる。

「え、だって、氷雨《ひさめ》は婚約解消のために二愛《にあ》を知ろうとして、俺を誘ってくれたんだよな？」

「はい」

「婚約解消関連ならクリスも一緒のほうがいいだろ。目的は同じなんだし、別行動する意味はないよな？」

「……」

「コータとわたしは同盟者だもんね☆」

「…………何なのですか、その同盟者とは」

思わず怨嗟《えんさ》が洩《も》れた。

幸太《こうた》に聞こえた様子はなく、彼は氷雨《ひさめ》の失望にまったく気付いていない。

（ううううう、こんなはずでは……電話で『調査』と言わなければよかったです……。一番の邪魔者がいては、デートにならないではありませんか！）

クリスが見透かしたように笑う。

「別にこれは『デート』じゃなくて『調査』だもの。人数が増えようと関係ないわよね？」

「〜〜〜っ」

「人数多いほうがわかることも多いだろうしな」

「そうそう、コータとヒサメだけじゃ頼りないもの」

「俺はともかく、氷雨《ひさめ》は大丈夫だろ。しっかりしてるし。……氷雨《ひさめ》？」

何も言わないのを不思議に思ったのか、幸太《こうた》が顔を覗《のぞ》き込んでくる。

叫び散らしたいのを必死で堪《こら》えていた氷雨《ひさめ》は、ぷい、と顔を背けた。

「行きましょう。特急列車を逃してしまいます」

歩き出した氷雨《ひさめ》に幸太《こうた》とクリスが続く。

かくして三人は二愛《にあ》を知る旅に出た。

＊＊＊

「北大路《きたおおじ》さんが志望している陶芸家について調べてみました。陶芸家になるには、大まかに分けて二つの方法があるそうです」

特急列車の中、氷雨《ひさめ》は自分が作ってきたらしいレジュメを広げた。

隣に座る幸太《こうた》は彼女の手元を覗《のぞ》き込む。

「わざわざ調べてきたのか……！」

「はい、陶芸に関してわたしは無知です。予備知識がなければ現地へ行っても理解が深められません」

「そういう几《き》帳面《ちょうめん》さはさすがね」

氷雨《ひさめ》の向かいでクリスはスナック菓子の袋を開けている。

前後の座席が回せるタイプの特急列車だ。三人はボックス席を作っている。女子二人は窓際《まどぎわ》、幸太《こうた》は通路側だ。

「一つは美大や専門学校など、陶芸コースのある学校に通う方法ですね。そこで陶芸の基礎は学べるそうです」

「でも二愛《にあ》は大学に行くつもりはないって言ってたよな」

「基礎的なことはもうわかってるからでしょ。大学とかだと初心者も多いだろうし、既に陶芸家として活動している彼女が行ってもね」

「そうですね。もう一つの方法が、誰かに弟子入りするという選択です。これなら学校と違って年齢制限もありません。北大路《きたおおじ》さんはどうやらこの方法で陶芸を学んだようです」

「陶芸家に師事したってことか……」

幸太《こうた》は車窓に目を遣《や》った。

だんだん山のほうに近付いているらしく、林が目に付くようになってきた。

「どちらの方法でも、そのままではただ作陶できるようになっただけです。陶芸家として生きていくには、作品を売らなければなりません」

「二愛《にあ》は自作をオークションに出してたよな」

「個人で販売するのでしたら、それは手軽な販売方法でしょう。ただ、オークションだと売れない可能性もあり——」

「いやいや、皿一枚が百万とかで売れるんだから十分だろ」

日々バイトしている幸太《こうた》は、どうしても自分の月収と比べてしまう。

「作ったものがすべて高値で売れるのなら収入には困らないと思います。が、決してそうではないようです」

「そうなのか？」

「北大路《きたおおじ》さんのオークション履歴を調べてみましたが、入札がなく、成立しなかった取引も多数ありました。いえ、ほとんどが成立しなかったと言っても過言ではありません」

「SNSで有名な陶芸家なのに？」

意外だ。

作れば作った分だけ売れるものだと思っていた。

「SNSで有名だからといって必ず売れるわけではないのでしょう。やはり高価な陶器を買う人は限られていますし」

「確かによほどの金持ちじゃないと皿に何十万も使えないよな。高値で売れたのはたまたまだったのか」

「そのようです」

思い返してみれば、二愛《にあ》は自作の皿をよく割っている。もし全部が全部、高値で売れるのであればそんなことはしないだろう。

「陶芸の販売方法はオークション以外にも、個展を開いてその場で販売したり、レストランや旅館といった店舗に卸したりする方法もあるみたいです」

氷雨《ひさめ》はレジュメを捲《めく》る。

「ですが現実問題、陶芸だけで生計を立てるのはかなり難しいです。多くの方が会社員などをしながら副業として行っています。陶芸教室の講師を兼ねている方もいますし、北大路《きたおおじ》さんのご両親が大学進学を勧めるのも頷《うなず》けますね。安定した職業ではありません。……クリスさん、何をやっているのですか？」

レジュメから顔を上げた氷雨《ひさめ》は正面を睨《にら》んだ。

クリスの前にある簡易テーブルにはスナック菓子の袋が散乱していた。雰囲気は完全に遠足である。

「何って、お菓子を食べてるのよ。見てわからないの？」

「わかりますが、わたしが言いたいのはそういうことではなく！」

「コータ、あーん」

「幸太《こうた》くんを餌付けしないでくださいっ」

氷雨《ひさめ》がドン、とひじ置きを叩《たた》いた。

パリパリとポテチを食べるクリスと幸太《こうた》に、氷雨《ひさめ》は極寒の眼差《まなざ》しを向ける。

「遠足気分では困ります。こっちは真面目な話をしているのです」

「デートのつもりだった人に言われたくないわ」

「っ、このお菓子は没収です！」

氷雨《ひさめ》はクリスから袋を奪い取った。

残っていたポテチを口に入れる。

「あっ、それは――」

幸太《こうた》が制止しようとしたが、遅かった。

ポテチを食べるなり、氷雨《ひさめ》の顔色がぶわっと真っ赤になる。急速に涙ぐんだ彼女は目をグルグルさせていた。

「なっ、なっ、何なのですか、このお菓子は⁉」

「ハバネロ味のポテトチップスよ」

「何故《なぜ》そんな危険物が存在しているのですか⁉」

「商品開発者に言いなさいよ」

ううううう、と呻《うめ》いた氷雨《ひさめ》はばっと席を立った。車両の出口へ向かう。

「氷雨《ひさめ》……⁉」

「飲み物を買ってきますっ」

黒髪を乱して彼女は駆けていった。

「やっと邪魔者がいなくなったわね」

「邪魔者って……」

クリスはさっきまで氷雨《ひさめ》が座っていた席に移った。幸太《こうた》の隣である。

「今なら気兼ねなくお菓子が食べられるわよ」

チョコレート菓子の箱を新たに開け、クリスは細長いそれを摘まんだ。彼女は幸太《こうた》に箱を差し出してくる。遠慮なくもらうことにした。

「……もしかして怒ってるか？」

カリッとチョコを齧《かじ》って幸太《こうた》は訊《き》いた。

「怒る？　なんで？」

「おまえの今回の作戦は『動かないこと』だろ。二愛《にあ》を知るために動くのは作戦違反……そうじゃないのか？」

氷雨《ひさめ》と窯元に行くのが決まったとメッセージでクリスに伝えたら、彼女はただ『わたしも行く』とだけ返してきた。不平も非難も文面からは読み取れなかったが、幸太《こうた》としては後ろめたさを拭えないでいる。

「そうね、作戦違反よ」

「やっぱり……！　誤解しないでほしい、クリス」

幸太《こうた》は隣に向き直った。

スティック状のチョコをくわえた彼女は窓を見ている。

「クリスの作戦を信じてないわけじゃないんだ。ただ、俺も二愛《にあ》について知っておいたほうが、迫られたときに対処ができるかと——」

「弁解はいらないわ。怒ってないもの」

「……本当か？」

「冗談よ」

「っ、どっちなんだよ⁉」

「ふふっ、コータってほんと真に受けるわよね」

おかしそうにクリスは笑った。

「仕方ないじゃない、コータが北大路《きたおおじ》二愛《にあ》を知りたいって言うなら。わたしが反対するのも違うでしょ」

「うん、まあ……」

「それに今回はわたしを誘ってくれたから怒ってないわ。こうしてコータと日帰り旅行もできたし」

「えっと、もし氷雨《ひさめ》と二人で行ってたら？」

「ぜーったい許さない☆」

クリスに話しておいてよかった、と心から思った。

「でもコータが悪いと思ってるなら、わたしを労《いた》わってくれてもいいのよ」

「労《いた》わる、とは……？」

「自分で考えなさいっ」

ボスっ、とクリスの頭が幸太《こうた》の肩に当たった。いきなり身体《からだ》を預けてきた彼女は上擦った声で言う。

「わたしが喜びそうなことくらい、もうそろそろわかってもいいんじゃないかしらー？」

チョコレート菓子を食べながら、クリスはチラっ、チラっと幸太《こうた》を見てくる。彼女が何かを要求しているのは明白だ。

（クリスが喜ぶこと……）

自意識過剰にならないのを願って、幸太《こうた》はクリスの頭に手を伸ばした。彼女の頭を撫《な》でる。サラサラした髪の感触が心地よかった。

「こ、これでどうでしょうか？」

「……バカ真面目」

不服そうな声だが、嫌がっている素振りはない。

「ねえ、コータ」

「ん？」

「わたしの作戦に反していると思ったなら、わたしが怒ると思ったなら、どうしてこの調査にわたしも誘ったの？」

幸太《こうた》が言わなければ、クリスは幸太《こうた》と氷雨《ひさめ》が調査に行ったこと自体、知らなかっただろう。クリスに隠しておくこともできたのだ。

それでも幸太《こうた》が律儀《りちぎ》に伝えたのは――

「同盟者だから」

「――」

「婚約解消は俺たちがずっと向き合ってきた問題じゃないか。クリス抜きで進めるわけにはいかないだろ」

たとえクリスがヘソを曲げたとしても、だ。

同盟者に何も相談せずに行動するのはありえない。

「……………そう。やっぱり同盟者だからなのね」

クリスの声が沈んでいるように聞こえた。

幸太《こうた》は不思議に思う。

「クリス……？」

「あーあ、もっと大胆なことでもよかったのになー」

唐突にクリスが大きな声を出した。

「大胆なことって何だよ」

「ヒントはこれよ！」

クリスはチョコレート菓子の箱を掲げる。

一本くわえると、彼女は幸太《こうた》を見た。ん、と顔を突き出す。

さすがにそこまでされれば、幸太《こうた》も意図を察する。顔が火照《ほて》るのを自覚した。

「いやクリス、それは……」

キスすることにならないか？　と思う。

が、クリスに引く気はないようだ。ひたむきな眼差《まなざ》しで、赤くなった頬で、幸太《こうた》を見つめてくる。

（途中で止めれば大丈夫だよな……）

そうすると決めた。

細長いお菓子の端を齧《かじ》る。真正面にはクリスの整った顔があった。まるでキスするみたいに彼女の目蓋《まぶた》が下りる。

っ、と思わず息を詰めた。

途中で止めると決めていても、これはヤバい気がしてきた。

自分に好意を示してくれる可愛《かわい》い女子を前にして、果たして自制心《ブレーキ》は利くのだろうか？

幸太《こうた》が考えているうちにクリスの顔が近付いてくる。

引力に導かれるみたいに二人の距離は縮まり——

「——何をしているのですか？」

悪寒《おかん》がして幸太《こうた》の身体《からだ》が跳ねた。その拍子にお菓子は折れる。

幸太《こうた》たちの座席の傍《そば》ではブリザードが吹き荒れていた。全身から真っ白い冷気を立ち昇らせた氷雨《ひさめ》がクリスと幸太《こうた》を見比べる。

「わたしがいない間に二人で何を？」

「お菓子を食べていたのよ」

「それで誤魔化せると思っているのですか？」

「事実じゃない。ほら、ヒサメにもあげるわ。今度のはちゃんと甘いわよ」

「結構です！　大体、何故《なぜ》あなたがそこに座っているのですか⁉　行きの幸太《こうた》くんの隣はわたしと決まったではないですかっ」

「だって、空いてたんだもの。空席に誰が座っても自由でしょ」

「～～～っ、この女狐《ヴィクセン》！」

賑《にぎ》やかな二人を見て、この旅は退屈しないなと幸太《こうた》は思った。

氷雨《ひさめ》の案内で特急列車を降りた。

同じ県内だが、初めて訪れる駅だ。寒々とした構内に乗降客はほとんどいない。クリスもグラサンを外していた。

改札を出るなり、氷雨《ひさめ》は案内板を見て地図を確認している。

クリスが立て看板を示して言った。

「バス乗り場はこっちってあるわよ」

「いえ、バスではありません。徒歩で行きます」

「徒歩？」

クリスが眉を持ち上げた。

「この五本松窯《ごほんまつがま》に行きたいのです」

氷雨《ひさめ》がスマホを見せる。

「あー……」とクリスが曖昧な声を出した。

「どうしたんだ、クリス？」

落ち着きなく彼女は視線を漂わせている。幸太《こうた》が訊《き》くと、クリスは顔を背けた。

「……何でもないわ」

「道がわかりました。行きましょう」

氷雨《ひさめ》が先導する。幸太《こうた》は彼女に続き、クリスも大人しく従った。

「北大路《きたおおじ》さんは五歳の頃から、窯元のオーナーである五本松《ごほんまつ》さんの元で修業したそうです。彼女の来歴に書いてありました」

「二愛《にあ》の師匠に会えるってわけか」

「はい、きっと北大路《きたおおじ》さんを詳しく知っているはずです」

ここです、と氷雨《ひさめ》は立ち止まった。

ただの古民家みたいだった。だけど、『陶芸』と書かれたのぼりが立っていて、そこが窯元であるのを示している。

「ごめんください」

引き戸を開けて中に入る。

古民家の中には大きなテーブルがあった。壁際《かべぎわ》は一面、棚だ。そのすべてに陶器が並んでいる。

物珍しそうにしている幸太《こうた》たちの横で声がした。

「いらっしゃい。気になった商品があったら声をかけてね」

二十代の活発そうなお姉さんだ。彼女が二愛《にあ》の師匠なのだろうか、と幸太《こうた》が思っているうちに、氷雨《ひさめ》が訊《き》いていた。

「すみません、こちらにオーナーの五本松清政《ごほんまつきよまさ》さんはいらっしゃいますか？」

「ああ、お父さん」と言った後、お姉さんの顔が曇る。

「ごめんなさいね、お父さん、二年前に病気してから、よほど体調いいときしか工房に来ないのよ」

え、と幸太《こうた》も氷雨《ひさめ》も声を上げた。

「今日は無理そうかなあ。朝食にも起きてこなかったしなあ」

幸太《こうた》たちが残念そうな顔をしていたからだろうか、お姉さんは慌てて言った。

「あ、でも、お父さんの作品について知りたかったら、遠慮なく聞いて。ここにある陶器もほとんどお父さんの作品だし、お客さんに詳しく説明できるよう、お父さんからいろいろ聞いているから」

思わず幸太《こうた》と氷雨《ひさめ》は顔を見合わせた。

「……あの、お父さまの弟子に北大路《きたおおじ》二愛《にあ》がいると思うのですが」

「お弟子さん？」

「わたしたちは北大路《きたおおじ》二愛《にあ》について調べているのです」

お姉さんは困り顔になって頭をかいた。

「うーん悪いけど、お弟子さんのことはわからないかなあ……」

「すみません、アテが外れました……」

駅へ戻る道すがら、氷雨《ひさめ》は肩を落としていた。

「しょうがないよ、二愛《にあ》の師匠が体調悪いとは知らなかったんだし」

「ネットの情報を鵜呑《うの》みにせず、電話で確認を取るべきでした。そうしたら無駄足は防げたはずです」

「完全に無駄足とは言えないんじゃないかな。二愛《にあ》の師匠の作品は見れたし」

「北大路《きたおおじ》さんの理解には何一つなっていません。これでは幸太《こうた》くんの婚約解消が進まないではありませんか！」

氷雨《ひさめ》は険しい表情で拳を握っている。

自分が誘ってここまで来たことに彼女は責任を感じているのだろう。幸太《こうた》は氷雨《ひさめ》を慰めるためにも言った。

「気にしないでいいよ。俺は氷雨《ひさめ》たちと出掛けられただけでも楽しかったから」

「幸太《こうた》くん……」

「……他に北大路《きたおおじ》二愛《にあ》の手掛かりがある場所はないの？」

割り込むようにクリスが声を投げた。

駅を出てからずっと彼女は最後尾を歩いている。言葉数も少なく、一歩引いた態度だ。

氷雨《ひさめ》は首を振った。

「北大路《きたおおじ》さんは五本松清政《ごほんまつきよまさ》さんに師事していました。わたしが摑《つか》んだのはそれだけです」

「お粗末《フェイラー》……」

「何か言いましたか？」

「何でもないわよ」

クリスは腕を組んだまま難しい顔をしていた。

駅に着いた三人は帰りの切符を買う。特急列車が来るまでは小一時間あった。外にいても寒いだけなので、駅の待合室に座って待つ。

幸太《こうた》は前方に貼られている観光マップに目を留めた。

「同じ県でも全然、特色が違うな。うちの近くは漁港なのに」

「この辺りは陶芸の工房が多いみたいですね」

待合室にいるのは幸太《こうた》たちだけだ。固いイスに幸太《こうた》はだらしなくもたれ、氷雨《ひさめ》はベレー帽についた埃《ほこり》を払っている。

「この後はどうするんだ？」

「そうですね、ここにいてもわたしたちの目的は達成されないので、まずは帰りましょう」

「正気？」

観光パンフレットを物色していたクリスが振り返った。

「ここまでわざわざ来て、窯元だけ訪問して帰るつもり？」

「窯元だけと言いますが、それしか手掛かりはないのです。この旅の目的は遠足ではなく調査です。帰るのが妥当でしょう」

「……もっとよく調べるって選択肢はないわけ？」

「何を調べるのですか？」

「何って……」

「不満があるのでしたら代案を聞かせてください」

氷雨《ひさめ》も幸太《こうた》もクリスを見つめる。

二人に注視されてクリスの顔に逡巡《しゅんじゅん》が浮かんだ。何かを言いたそうに二、三度口を開閉させる。だが結局、彼女は頑《かたく》なな声を返した。

「……ないわよ」

氷雨《ひさめ》が思案げに目を落とした。

「北大路《きたおおじ》さんに関連する場所といったら、あとは常盤《ときわ》第一高校でしょうか」

「そういえば、常盤《ときわ》第一に入った同中《おなちゅう》の奴《やつ》がいたなあ。ダメ元で訊《き》いてみるか」

幸太《こうた》はスマホを出した。

「それはいい考えですね。幸太《こうた》くんのお友達が知っていたら話が早いです」

「別に友達ってほど仲良かったわけじゃないよ。二愛《にあ》のことでいきなりラインするのもあれなんだけど、それくらいしか手掛かりないし」

ラインを送るのはすぐだ。後は返信を待つくらいしかない。

スマホをポケットに戻して幸太《こうた》はボヤく。

「困ったなあ。二愛《にあ》について調べるのがここまで難しいとは」

　窯元を当たれば必然的に何か発見があると思っていた。その認識は甘かったらしい。

　氷雨《ひさめ》が隣の席から身を乗り出してくる。

「幸太《こうた》くん、気落ちしないでください。まだ調査は始まったばかりです。わたしもできる限りお手伝いします」

「うん……助かるよ」

　幸太《こうた》が氷雨《ひさめ》に微笑《ほほえ》み返したときだった。

　観光パンフレットで視界がいきなり遮られる。

「っ⁉」

　クリスが幸太《こうた》と氷雨《ひさめ》の顔の間にパンフレットを差し挟んでいた。彼女はぷうっと頬を膨らませて幸太《こうた》を見下ろしている。

「クリス……？」

「……そんなに北大路《きたおおじ》二愛《にあ》のことが知りたいわけ？」

　え、と幸太《こうた》は戸惑った。何を当たり前のことを訊《き》いてくるのだと思う。

「北大路《きたおおじ》二愛《にあ》の陶芸関係者に会えなかったのが、そんなに残念なわけ？」

「そりゃ、まあ……」

　休日、わざわざ特急列車に乗って来たのだ。できることなら何かしら収穫はほしい。

クリスは数瞬迷った後、観念したように大きくため息をついた。

「……コータ、陶芸体験しに行くわよ」

「陶芸体験？」

まじまじとクリスを見返すと、彼女は不機嫌そうに視線を逸《そ》らしてしまう。ずい、とパンフレットを突きつけられた。

「この湯山《ゆやま》陶工房では陶芸体験ができるのよ。せっかく陶芸が盛んなところに来たんだから、皿の一枚も作らずに帰るのはもったいないでしょ」

「おまえがやりたいのか？」

「はあ？　そんなわけないでしょ。皿は作るものじゃなくて使うものよ！」

「だよな……」

クリスならそう言うと思ってた。

訝《いぶか》しむ幸太《こうた》の横で、氷雨《ひさめ》が別のパンフレットを取る。

「陶芸体験なら、こちらの窯元でも行っているようですが――」

「あああもうっ、そんなとこ行ったってしょうがないでしょ。湯山《ゆやま》陶工房一択よ、それ以外ありえないの！」

苛立《いらだ》たしげに言ったクリスは幸太《こうた》の手首を掴《つか》んだ。

「つべこべ言わず行くわよ。もうすぐバスが来るんだから。このバスを逃すと次は一時間後、しかも乗り換えが必要になるわ！」

「なんでバスの事情まで把握してるんだ？」

「世界のクリスティーナ・ウエストウッドだからよ！」

「なんだそれ……っておいっ！」

わけがわからないが、幸太《こうた》はクリスに引っ張られるまま走らされる。

後ろから「幸太《こうた》くんを勝手に連れていかないでください、クリスさん！」と氷雨《ひさめ》が追いかけてきた。


バスに揺られること数十分。

幸太《こうた》たち三人は湯山《ゆやま》陶工房に到着していた。

さっきの五本松窯《ごほんまつがま》とは違い、民芸館みたいな大きな建物だ。中は広々としていて、粘土で器を作っている家族連れや、器に絵を描《か》いている女性グループがいる。

「はあ、結局ここに来ちゃったわね……」

沈んだ声をクリスが洩《も》らす。

幸太《こうた》は首を傾《かし》げた。

「おまえが連れてきたんだろ？　ここがいいとか言って」

「〜〜っ、そうよ。わたしが連れてきたのよ。あーあ、わたしったらなんて甘いのかしら」

自嘲気味に言ったクリスは迷うことなく工房の隅へ行く。そこで作業していたお兄さんに声をかけた。

「すみませーん、三人で『ろくろ体験』したいんですけど」

お兄さんは「準備しますね」とすぐに奥へ向かう。

「ろくろ体験ですか。絵付け体験のほうが簡単そうですが」

氷雨《ひさめ》は受付にあるコースメニューを見て言った。

陶芸体験は三種類のコースがあるらしい。粘土を手でこねて器を成形する手びねり体験、ろくろを使って器を作るろくろ体験、皿に自由に絵を描《か》く絵付け体験だ。

「簡単なのを選んでどうするのよ。指導員が付きっきりじゃないと意味がないでしょ」

「陶芸体験が目的でしたら、絵付け体験で十分なはずです」

「……もういいわよ、あなた」

クリスが白目を剝《む》いた。

工房のガラスケースには陶芸作品がいくつも並んでいた。どうやら地元の陶芸家たちの作品らしい。

何気なくそれを見ていた幸太《こうた》は、見知った名前を見つけて声を上げた。

「おい、ここに二愛《にあ》の作品があるぞ！」

ケースの一角には、高さが一メートル近くもある大きな壺《つぼ》が飾られていた。そこには『北大《きたおお》路二愛《じにあ》』の札がある。

「本当です。何故《なぜ》、ここに北大路《きたおおじ》さんの作品があるのでしょう？」

「それは、北大路二愛《きたおおじにあ》が一時期この工房に所属していたからだね」

突如返ってきたアンサーに幸太《こうた》も氷雨《ひさめ》も振り向いた。

クリスが声をかけたお兄さんだった。お兄さんは幸太《こうた》たちを促す。

「ろくろの準備ができたんで、こちらへどうぞ」


「難《むず》っ！　全然、思った通りの形にならない……」

「あああさっきまでいい感じにできてたのに……！」

「おかしいです。この角度で手を固定すればいいはずなのですが」

お兄さんからろくろの基本的な使い方を教わった後、幸太《こうた》たちは器の成形に挑戦していた。

粘土はあらかじめ用意されている。それを使って、好きな器を作るだけなのだが、

「うわー、無理だ！　また歪《ゆが》んだ！」

「コータの湯呑《ゆの》み、前衛的な芸術品っぽくない？」

「芸術じゃないんだよなあ……。おまえのガタガタな皿も芸術品ってことにすればいいんじゃ

ないか？」

「これはこれから直すのよ！」

「まともな形になってるのは氷雨《ひさめ》だけだな。その小鉢ならちゃんと使えそうだ」

「…………小鉢ではありません」

「え？」

「これは小鉢ではなく、花瓶ですっ」

「なんか、ごめん……」

「もういっそのこと小鉢にしたらいいじゃない」

苦戦する幸太《こうた》たちにお兄さんは適宜、手助けをしてくれる。それでようやく器と呼べる形にはなった。

「難しいですね、これ。シンプルな湯呑《ゆの》みを作りたかっただけなのに」

やっと成形できた湯呑《ゆの》みを見て幸太《こうた》は言う。

お兄さんは朗らかに笑った。

「難しいのは当たり前だよ。ろくろの技術を習得するには、六年から十年かかるって言われてるんだから」

「そんなに……!?」

「土練り三年、ろくろ六年。陶芸にまつわる古い言葉だよ。土を適切な状態にこねられるまで三年、ろくろで思い通りの形が作れるまで六年かかるって意味なんだ」

「陶芸家になるまで、全部で九年……」

呆然《ぼうぜん》と幸太《こうた》は呟《つぶや》いた。

そうだね、とお兄さんはクリスの皿の修正に入った。

「あの、北大路《きたおおじ》さんがこの工房にいたというのは本当ですか？」

氷雨《ひさめ》が身を乗り出して訊《き》く。

「二年くらいかなあ、二愛《にあ》ちゃんはここで作陶してたよ。今は自分の窯を作ったから、もうここには来てないけど」

幸太《こうた》と氷雨《ひさめ》は互いに目配せし合った。やった、という顔だ。

「キミたち、二愛《にあ》ちゃんのファンなの？」

「ファンではないですが、彼女について調べているのです」

「珍しいね。特に同年代の女の子が二愛《にあ》ちゃんに興味持つのは珍しい。二愛《にあ》ちゃんも喜ぶと思うよ」

「お兄さんは北大路《きたおおじ》さんと親しかったのですか？」

「僕と二愛《にあ》ちゃんは同じ陶芸家に師事していたんだ。彼女はいわば妹弟子《いもうとでし》だね」

「五本松清政《ごほんまつきよまさ》さんの……！」

「同じ窯元だし、隣でろくろを回していたこともあったよ」

お兄さんは氷雨《ひさめ》の花瓶の修正に移った。

「何か北大路《きたおおじ》さんに関するエピソードはありませんか？　何でもいいのです。彼女が暴走して皆が止めた話などだと大変、参考になるのですが――」

やっと出会えた二愛《にあ》の手掛かりに、氷雨《ひさめ》はぐいぐいと迫る。

お兄さんが「暴走……」とボヤいた。

「あの子はいつも暴走してるよ。たぶん誰にも止められないんじゃないかな」

「え……？」

「小学生が親に連れられて陶芸を習いに来るってたまにあるんだ。僕も最初は二愛《にあ》ちゃんがそれだと思ってた。習い事みたいな感じで親にやらされてるのかな、って」

「わたしのピアノみたいなものですね……」

「ところが、それは間違いだった。二愛《にあ》ちゃんが親に頼んで習いに来てたんだよ。親が仕事で忙しいときは、彼女が一人で何時間もかけて通ってきたんだ。小学生なのにだよ。普通、休むよね」

「そうですね。嫌々やらされていたのでは、自主的に通わないでしょう」

「ほぼ毎日、二愛《にあ》ちゃんは工房にいたよ。小学生とは思えない集中力で、ひたすら作りたいものを作ってたなあ……」

作りたいもの。

それはおそらくラーメンどんぶりのことだろう。

「よく飽きもせず陶芸を続けられたと思うよ。普通の子は一年もしたらやめちゃうからね」

「それで、二愛《にあ》はどんぶりをずっと作り続けてたんですか？」

「どんぶり？」

お兄さんが怪訝《けげん》な顔で幸太《こうた》を見た。

「えっと、二愛《にあ》はラーメンどんぶりをよく作ってたんじゃないんですか……？」

彼女の話ではそうだったはずだ。

幸太《こうた》がラーメンを作り、二愛《にあ》がどんぶりを作る。それが将来まで続くよう、二人は婚約したのではなかったか。

「いや、彼女が好きでよく作ってたのは、あそこにも飾ってあるけど、飾り壺《つぼ》だよ。他には大皿とか」

お兄さんにつられて幸太《こうた》もガラスケースを見た。

ケースには、ラーメン屋にはそぐわない立派な壺《つぼ》が鎮座していた。

『JK陶芸家　北大路《きたおおじ》二愛《にあ》　個展
※作品の即売会も行っています。

日時：十二月三日（土）、四日（日）午前十時〜午後四時
場所：ときわ森プラザ一階　展示室F』

帰りの特急列車の中で幸太《こうた》はチラシを見ていた。

二愛《にあ》の個展のチラシである。幸太《こうた》たちが釈然としない顔をしていたら、湯山《ゆやま》陶工房のお兄さんがくれたのだ。

「二愛《にあ》ちゃんの作品を知りたかったら、来週、個展があるから行ってみるといいよ。個展を見れば、どんなものを作ってるかわかるから」

チラシには二愛《にあ》の顔写真と作品の写真が載っている。そこで紹介されている作品も大きな壺《つぼ》だった。

「北大路《きたおおじ》さんの本心が気になりますね」

気付けば、氷雨《ひさめ》も幸太《こうた》の手にあるチラシを覗《のぞ》き込んでいた。

「彼女は幸太《こうた》くんのために器を作りたかったのではないのでしょうか？」

「本人はそう言ってたんだけどな」

幸太《こうた》はチラシから目を外した。

車窓から見える空はもう暗くなっている。闇に沈んだ田舎の風景は何もかも見えない。

「行ってみるしかないですね」

「え？」

「北大路《きたおおじ》さんの個展です。来週、一緒に行きましょう」

「来週も付き合ってくれるのか？」

「当たり前です」

氷雨《ひさめ》は圧のある眼差《まなざ》しを向けてくる。

「幸太《こうた》くんとのお出掛けなら、すべての予定を排除してでも行きます」

「排除って……マジで無理はしないで」

「排除するとは仮定の話です。今のわたしの最優先事項は幸太《こうた》くんの婚約解消です。他に予定などありません」

「……あーっと、ありがとう」

「ひとまず今日は、北大路《きたおおじ》さんの兄弟子《あにでし》さんにお話を聞けてラッキーでした。ここまで来た意義がありました」

収穫があって一安心したのか、氷雨《ひさめ》の表情は柔らかくなっている。

（ラッキー、か……）

幸太《こうた》はちらり、と隣の席を見た。

帰りの列車では幸太《こうた》の隣を交代する。取り決め通り、クリスは幸太《こうた》の隣に収まっている。慣れない移動をして疲れたのか、彼女は窓枠にもたれて眠っているようだ。

（クリスが湯山《ゆやま》陶工房に行きたいと言ったのは、話しかけたお兄さんが二愛《にあ》の兄弟子《あにでし》だったのは、果たしてラッキーなだけだったのか――？）

「……それで、幸太《こうた》くん」

潜められた声が幸太《こうた》の思考を断ち切った。氷雨《ひさめ》はもじもじとした様子で幸太《こうた》を窺《うかが》ってくる。

「来週の個展には、その、クリスさんは――」

「ああ、クリスも誘っておくよ。同盟者だからな」

「いえそうではなく……！　ぅううう、はぁ……」

がっくりと氷雨《ひさめ》は肩を落とした。

幸太《こうた》は隣に目を遣《や》る。窓のほうを向いたクリスの顔は見えない。ただ、その肩がため息をついたように上下した気がした。

三章

偶像でしかない陶芸家

KONNA KAWAII IINAZUKE GA IRU NONI, HOKA NO KO GA SUKI NANO?

土曜日に二愛《にあ》の個展へ行くと決めた幸太《こうた》たち。

だが、その日を迎える前に、二愛《にあ》の元を訪れる機会はやってきた。

「え？　俺が二愛《にあ》の家に届けるんですか？」

放課後の職員室で幸太《こうた》は困惑していた。

正面には二愛《にあ》の担任教師がいて、彼女も困った顔をしている。

「今週に入ってから北大路《きたおおじ》さんが登校してこないんです。届けないといけないプリントもこーんなに溜《た》まっています」

先生の机にはプリントの束がある。結構な厚さだ。一番上には提出期限が過ぎた進路希望調査まである。

「本人のスマホに連絡しても繋《つな》がらないし、学級委員に自宅まで行ってもらったんですけど、誰も出てこなかったそうで」

「だからって、なんで俺……？」

「だって、豪山寺《ごうざんじ》くんは婚約者なんでしょう⁉」

思わず幸太《こうた》は額を押さえた。

先生（29歳・独身）は『婚約者』をやたら強調して言ってくる。

「婚約者の豪山寺《ごうざんじ》くんなら北大路《きたおおじ》さんにプリントを届けられますよね？　伝言もあるのです。私は進路として結婚を否定しているのではありません。むしろ全力で応援します。婚約者がいるとは羨《うらや》ま……いえ、とても素晴らしいことです！」

職員室でこれだけ『婚約者』という単語が叫ばれることはないだろう。他の先生の視線もある。勘弁してほしい。

「あの、先生……誤解しないよう言っておきます。俺と二愛《にあ》は確かに婚約しましたけど、それは幼稚園のときの話で――」

「教師として大変不甲斐《ふがい》ないですが、婚約者どころか恋人も何年もいない私に結婚についての進路指導はできません！　私に言えることはただ一つです。『おめでとう、お幸せに』。……うっ、まさか生徒にまでこれを言う日が来るとは」

「俺帰ります。失礼しました―」

「待ちなさい！」

ガシっとスクールバッグを摑《つか》まれた。

「進路希望調査の提出日が過ぎています。急いで提出するよう北大路《きたおおじ》さんに伝えてください」

強引にプリントの束を押しつけられ、幸太《こうた》は職員室を出された。

「どうすんだよ、これ……」

廊下でため息を零《こぼ》す。

と、

「届ければいいではありませんか」

平坦《へいたん》な声がした。

「氷雨《ひさめ》⁉」

首を回すと、廊下の壁際《かべぎわ》には物静かな大和撫子《やまとなでしこ》が佇《たたず》んでいた。

「いつからそこに……？」

「幸太《こうた》くんが先生に呼び出されたのが気になったので、ここで待機していたのです」

それより、と氷雨《ひさめ》は幸太《こうた》の手にあるプリントに目を移した。

「これで北大路《きたおおじ》さんのお宅にお邪魔する大義名分ができました。彼女について知るチャンスです。幸太《こうた》くんは何を迷っているのですか？」

「迷ってるというか……学級委員が行ってダメだったなら俺でも変わらないだろ」

「わかりませんよ。幸太《こうた》くんだったら北大路《きたおおじ》さんは喜んで迎え入れてくれるかもしれません。何故《なぜ》なら婚約者なのですから」

「なんか氷雨《ひさめ》、機嫌悪い……？」

「悪いに決まっています」

彼女はギリ、と両手を握り締める。

「先生方は、幸太《こうた》くんの許嫁《いいなずけ》は北大路《きたおおじ》さんと認識しています。これでは校内で幸太《こうた》くんと……こ、恋人らしいことができないではありませんかっ」

「え、っと、まあ、俺たちは恋人同士じゃないし……」

「わっ、わわわたしは将来的なことを言っているのです！」

「将来……うん……」

「幸太《こうた》くんが北大路《きたおおじ》さんと婚約している話が広まれば、わたしは迂闊《うかつ》に幸太《こうた》くんに近付けません。わたしが略奪しようとしているみたいに思われるのは非常に不愉快です」

「まあ、誤解されるのは嫌だよな」

「とにかく幸太《こうた》くんと北大路《きたおおじ》さんの婚約は一刻も早く解消しなければなりません。でなければ、わたしの理想の高校生活が——」

「理想の高校生活……？」

こほん、と氷雨《ひさめ》が咳払《せきばら》いした。

「早くそのプリントを届けに行きましょう」

「行きましょう？　氷雨《ひさめ》も来てくれるのか？」

「幸太《こうた》くんを単身で北大路《きたおおじ》さんの家に向かわせるわけにはいきません。先日の北大路《きたおおじ》さんの暴挙を忘れたのですか？」

「あー……」

「幸太《こうた》くんの身の安全のため、わたしも同行します」

毅然《きぜん》と言って氷雨《ひさめ》は長い黒髪を翻《ひるがえ》す。

女子に「身の安全」のため付き添われるとは不名誉な話だが、二愛《にあ》と二人きりになりたくないのも事実である。

（一人で行くのは気乗りしなかったけど、氷雨《ひさめ》がついてきてくれるならいいか）

幸太《こうた》は足早に氷雨《ひさめ》の後を追った。


二愛《にあ》の住所は彼女の担任から教えてもらっていた。

できたばかりの高層マンションのようだ。ピカピカなエントランスで幸太《こうた》は二愛《にあ》の部屋番号を押す。

だが、呼び出し音が鳴るだけで応答はない。

「……本当にいないのか」

「インターホンに出てくれないことにはどうにもなりませんね」

「そうだな……」

幸太《こうた》と氷雨《ひさめ》はエントランスから出た。

「何日も連絡すらないのは心配ですね。警察を呼んだほうがよいのでしょうか……」

氷雨《ひさめ》が考え込む横で、幸太《こうた》はマンションを見上げた。傾いた陽《ひ》を浴びる高層マンションはオレンジ色に光っている。

「……窯はどこにあるんだろうな？」

「え？」

「二愛《にあ》は自分の窯を作ったって兄弟子《あにでし》も言ってたろ。マンションに窯があるとは思えないんだよなあ」

「そうですね。大きな壺《つぼ》を作るとなると、窯も大きいはずです。マンションの一室にあるとは考えにくいです」

「二愛《にあ》は放課後、大概、作陶しているみたいだし、いるとしたら家じゃなくて窯のある場所なんじゃないか？」

「当たってみる価値はあります。ですが、北大路《きたおおじ》さんの窯がどこにあるかわたしは知りません……」

「俺も知らない」

「手詰まりですか……」

「いや、こういうときに頼れる人は知っている」

幸太《こうた》はスマホを出した。

電話をかける。ワンコールで繋《つな》がった。

「クリス、二愛《にあ》の窯の場所知ってるだろ？　住所を教えてくれないか」

「『どーしよっかな〜』」

声が二重に聞こえてきて幸太《こうた》は振り向いた。

駐車場の案内板にグラサンをかけたクリスがもたれている。めちゃくちゃ目立つ容姿なのに全然気付かなかった。

金髪をクルクルともてあそび、彼女は唇を尖《とが》らせる。

「『コータはヒサメがいればいいみたいだしー』」

「誰もそんなこと言ってないだろ」

幸太《こうた》は電話を切ってクリスに近付いた。

氷雨《ひさめ》がジト目になる。

「わたしたちを尾《つ》けてきたのですか？」

「職員室でコータを待ち伏せしてた人に非難されたくないわ」

「クリス、二愛《にあ》の窯がどこにあるか、おまえならとっくに突き止めてるんだろ？」

幸太《こうた》が正面に立つと、クリスは顔を背けた。

「氷雨《ひさめ》のカバンの中からスマホケースの裏、簞笥《たんす》の奥まで知っていたおまえが、二愛《にあ》の窯の場所を知らないはずがない」

「待ってください。今、信じがたいことが聞こえたのですが……!?」

氷雨《ひさめ》の慌てた声がしたが、幸太《こうた》はクリスから目を外さなかった。

クリスは不貞腐《ふてくさ》れた横顔で「そうね」と言う。

「もちろん、知ってるわ」

「さすが。で、住所はどこだ？」

「どうしてわたしが教えると思っているのかしら？」

「逆になんで教えてくれないんだ？」

「そんなプリント、急いで届けなくてもいいでしょ」

「進路希望調査は提出日を過ぎてる」

「家にいなかったんだから、どうしようもないじゃない。実際、学級委員だってそれで渡せなかったわけだし。コータにできることは十分やったわよ」

不自然なほどクリスは頑《かたく》なだ。プリント云々《うんぬん》の問題ではない、と幸太《こうた》は直感した。

「二愛《にあ》の窯へは行くな。それが『同盟者』としての指示か？」

クリスの顔がわずかに歪《ゆが》んだ、気がした。

「そういう指示なら俺ももう窯の場所は聞かない。二愛《にあ》は家にはいなかった。他の居場所は知らない。それで終わりだ。俺が二愛《にあ》のプリントに責任を持つ義理もないしな」

「――」

クリスの瞳が迷うように揺れている。

彼女が一体、何に迷い、思案しているのか——心を読み取れない幸太《こうた》には理解できない。

突風にも似たビル風が三人の脇を駆け抜けていく。

無言を肯定と取り、幸太《こうた》は氷雨《ひさめ》のほうを向いた。「帰るか」と言いかけたとき、クイっと引っ張られた。

クリスが幸太《こうた》のブレザーを掴《つか》んでいる。

「……指示じゃないわよ」

恨みがましそうな声だった。クリスは膨《ふく》れっ面《つら》で幸太《こうた》を睨《にら》みつける。

「二人だけで行くから意地悪したくなっただけよ！」

「すまん。クリスを除《の》け者《もの》にするつもりじゃなかったんだ」

「ふんっ。困ったときだけわたしを頼るのね」

「違うって。俺もいきなり二愛《にあ》にプリントを渡せなんて頼まれるとは思わなかったんだよ。二《に》愛《あ》関係だとわかってたら、初めからおまえに相談してた」

「……なんで？」

「なんでって何が？」

「どうしてわたしに相談するのよっ」

「それは当然、同盟者だから——」

幸太《こうた》は口を噤《つぐ》んだ。

クリスがうなだれるように俯《うつむ》いていたからだ。幸太《こうた》のブレザーを握った彼女の手がわなわなと震えている。

「…………また『同盟者だから』？　それしか言うことないの？　コータにとってわたしは同盟者ってだけなの？」

「クリス……？」

何故《なぜ》、彼女はこんなにも失望した声を出すのか？

クリスは同盟者だ。これまでずっと幸太《こうた》とクリスはそうだったわけで、今さら何を失望することがあるのか。

「……もういいわ、わかったわよ」

幸太《こうた》が黙していると、クリスは顔を上げた。投げやりに言う。

「『同盟者だから』ね、はいはい、同盟者だから教えてあげるわよ！　北大路《きたおおじ》二愛《にあ》の窯はここから電車で三駅先、それから徒歩二十分。目印は小屋の赤い屋根。置き鍵の場所は――」

「ストップ。そこまででＯＫだ」

わたしがいないと道わかんないでしょ、と結局クリスも同行することになった。

クリスの先導で歩くこと二十分、本当に赤い屋根の小屋が現れた。お世辞にも立派とは言えない、ぶっちゃけみすぼらしい小屋だ。それでも二愛《にあ》が一人で作陶するだけなら十分なのかもしれない。

幸太《こうた》は門の柵を摑《つか》んだ。

ガシャ、と音がする。鍵がかかっていて開かない。

「インターホンもないみたいだが、これはどうすればいいんだ……？」

「さあ？　来客があるのを想定していないようね」

「北大路《きたおおじ》さんは小屋の中にいるのでしょうか？　クリスさん、どうなんですか？」

「なんでわたしに訊《き》くのよ」

「あなたは何でも知っているようなことを幸太《こうた》くんが言っていました」

「あのねえ、要監視対象でもない北大路《きたおおじ》二愛《にあ》の動向なんかリアルタイムで知ってるわけないでしょ」

「要監視対象ならリアルタイムで追えるのかよ⁉」

「それはまあ？　世界のクリスティーナ・ウエストウッドだし？」

「うぅ……助けて……」

敷地《しきち》内から呻《うめ》き声が聞こえたような気がして、三人はぴたりと会話を止めた。顔を見合わせる。

「二愛《にあ》⁉　二愛《にあ》なのか⁉」

「中で何かあったのかもしれません」

「クリス、置き鍵！」

「門の右側三個目の壺《つぼ》の中よ！」

小さな壺《つぼ》をひっくり返して振る。出てきた鍵で門を開けた。

「二愛《にあ》！」

三人は敷地《しきち》内に雪崩《なだ》れ込んだ。煙を吹いているレンガ造りの窯がすぐに目に入る。地面に倒れ伏している赤茶色のポニーテールの少女も。

氷雨《ひさめ》が小さく悲鳴を上げた。

「北大路《きたおおじ》さんっ⁉」

「おい、嘘《うそ》だろ……⁉」

「救急車を呼ぶわ！」

駆け寄った幸太《こうた》は二愛《にあ》の手が動いているのを認めた。見たところ外傷はない。そっと身体《からだ》を仰向けると、血色の悪い顔が現れる。

ん、と薄目を開けた二愛《にあ》は弱々しい声を洩《も》らした。

「……あれ、コーくん……？　どうして……？」

「しっかりしろ、二愛《にあ》！　何があったんだ――⁉」

ぐぎゅるるるるるるるるる〜〜〜。

盛大な音が幸太《こうた》の呼びかけをかき消した。

「「「……」」」

三人が静かに見守る中、目蓋《まぶた》を閉じた二愛《にあ》は天へ召されそうな声で呟《つぶや》いた。

「お腹《なか》空いた……」

「ねえ、なんでピザなの？」

窯の前に簡易テーブルを持ってきて、幸太《こうた》たち三人はピザ作りをしていた。生地に自分たちでトマトソースやピザ用チーズ、その他自由に具材を載せて作る手作りピザだ。

二愛《にあ》は三人が作るのを苦虫を嚙《か》み潰した顔で眺めている。いつもの彼女なら強引にでも止めるのだろうが、今は空腹で動く気力もないらしい。

二愛《にあ》の問いかけに、生地にチーズを山ほど載せていたクリスが反応した。

「愚問だわ。窯があるなら、ピザを焼くしかないじゃない！」

実際、食料調達に行った近くのスーパーでそう宣《のたま》い、ピザの材料をカゴに入れたのはクリスである。

二愛《にあ》のこめかみがピクピクと動いた。

「何そのバカみたいな理論。全っ然ウケない。コンビニでおにぎりって選択肢もあったじゃん。

窯を使わなくてもいいよね⁉」

「せっかくある窯を有効活用しない手はないでしょう？　それに、手作りピザのほうがきっと美味《おい》しいわ」

「有効活用じゃない！　それはピザ用じゃなくてわたしの陶芸用なの。ピザなんか作って汚さないでよ！」

いきり立つ二愛《にあ》の前に、幸太《こうた》は焼き上がったピザを置いた。

「ほら、もう焼けたぞ」

ふん、と二愛《にあ》は顔を背けて頰杖《ほおづえ》をつく。けれど食欲には逆らえないらしく、溶けたチーズのよい香りに彼女の腹が再び鳴った。

「窯の温度が高いからすぐに焼けましたね」

「そうだな。えーっと、次に焼くのは……？」

「このチョコマシュマロピザをお願いします」

「見るからに激甘なやつ……氷雨《ひさめ》らしい……」

「コータ、その次はこれね」

「了解。クリスのはちゃんとピザになるように直してからだな」

「なんでこのままじゃピザにならないのよ⁉」

「チーズも具も載せすぎなんだよ！　これ焼いたら絶対溢《あふ》れるぞ」

「それ以前に、何故《なぜ》ピーマンが切られずに丸ごと載っているのですか？　これがラスベガス流なのですか？」

「チョコとマシュマロは切る必要がなくてよかったわねえ……！」

「いいからクリス！　切るのも全部俺がやっておくから！　おまえは大人しく席に座っていてくれ！」

次々とピザができてテーブルに並ぶ。

陶芸用の窯でピザを焼くのに猛反発していた二愛《にあ》だが、できたピザにはがっついていた。無言で何枚も平らげている。

「ふう、お腹《なか》いっぱい」

ピザを食べ終わるなり、二愛《にあ》は席を立った。

「コーくんたちも食べ終わったら帰ってね。わたし、まだやることあるから」

「おい」

それはないんじゃないか？　と思った。

氷雨《ひさめ》もクリスもピザを食べる手を止めて、非難がましい視線を注いでいる。

「わたしたちはまだ、北大路《きたおおじ》さんが倒れていた理由を聞いていません」

「倒れてた理由？　お腹《なか》が空きすぎてたからだよ？」

「一体、どんだけ食ってなかったら倒れるんだよ」

「三日くらい？」

「そりゃ倒れるわ！」

「何故《なぜ》、そのようなことをしたのですか？」

「窯を焚《た》いてたから」

「それが理由になるのか？」

「陶器が薪窯《まきがま》で焼き上がるまで大体、五日くらい。その間、火の調整は付きっきりでしないといけないんだよ。電気窯を使えば火の調整はないけど画一的なものしかできない。既製品みたいなんだよね。そうじゃないんだ。やっぱり薪窯《まきがま》じゃないとわたしの作りたいものはできないから、窯を焚《た》くしかないんだよ」

さらりと言われたが、内容は泥臭いものだ。

常軌を逸したことも言っていた気がする。

「五日間付きっきりって……おまえ、まさか寝てないのか？」

「うーん、仮眠はちょっとずつ取ってるよ」

「寝ろ。今すぐ家帰って寝ろ」

「無理だよ。窯焚《かまだ》きしてるから」

「……だから、学校も休んでいたのか」

幸太《こうた》は本来の目的だったプリントの束を取り出した。二愛《にあ》に差し出す。

「先生から預かってたやつ。欠席連絡くらい入れろよ」

「あースマホの充電、切れちゃってたんだ。ありがとね」

受け取った二愛《にあ》は一番上にある進路希望調査を見て――プリントの束を窯の火にくべようとした。

「おおおおい!? 寝ぼけてんのか、端《はな》から正気じゃないのか、どっちだ!?」

即座に幸太《こうた》が奪ったので、プリントは無事だった。

二愛《にあ》はヘラヘラと笑う。

「ひどいなあ、コーくん。窯焚《かまだ》きしてるのにわたしが寝ぼけるわけないじゃん」

「ひどいのはそっちなのか！　プリントせっかく届けたんだから燃やすなよ」

「プリントもわたしの作品の糧《かて》になったほうが報われるかなと思って」

「本来の使われ方したほうが報われるだろ」

「でも、この進路希望調査、前に出したよ？　先生受け取ってくんなかったけど」

「出せてないじゃねえか……」

がっくりした。

「とにかく、このプリントは燃えないとこに置いとくから。小屋の中にあればさすがに燃やさないだろ」

「あっ、小屋には――」

二愛《にあ》の制止より早く、幸太《こうた》は小屋の戸を開けていた。

「――」

「そこには完成した作品を詰め込んでるから、プリント置くとこはないよ」

「……みたいだな」

幸太《こうた》はそっと小屋の戸を閉めた。

「もーわかったって。プリントはちゃんと家に持って帰るよ。それでいいでしょ」

仕方なさそうに言って、二愛《にあ》はプリントの束を簡易テーブルに置いた。すぐに窯の前に戻って火を見つめる。

「……ピザ、ありがと。これでまた窯を見てられる」

「無理するなよ」

「大丈夫だよ。焼き上がりはもうすぐだから」

「もうすぐって、おまえ……そんなに焼いてどうするんだよ……」

「コーくんに陶器の焼き加減はわからないでしょ。口出ししないで」

「……そうじゃなくてさ……」

それ以上続けられなくなって幸太《こうた》は口を閉ざした。

赤々とした炎が二愛《にあ》の頬を照らす。

窯の前ですっかり動かなくなった二愛《にあ》。時折、薪を放り込みはするが、幸太《こうた》たちには目もくれない。

なんとなく居たたまれなくなって幸太《こうた》たちは二愛《にあ》の工房を後にした。

「小屋には何があったんですか？」

工房の最寄り駅へ向かう途中、氷雨《ひさめ》が訊《き》いてきた。

「……皿」

幸太《こうた》は簡潔に答える。

氷雨《ひさめ》が眉を寄せた。

「特に発見はなかったということですか」

「いや……皿なんだけど、マジで何千枚あるのかわからないくらい大量にあった……」

小屋にはびっしりと皿が詰め込まれていて、異様な光景だった。きっと全部、二愛《にあ》が作ったのだろう。

あれだけの皿を作るのに、一体どれだけの時間がかかったのか。

そして、あれだけ在庫があるのに、何故《なぜ》二愛《にあ》はまだ皿を作り続けているのか——。

「そういえば、週末の個展に行くって二愛《にあ》に伝え忘れたな」

それに気付いたのは駅に着いてからだった。帰宅ラッシュとは無縁の寂しいホームで幸太《こうた》の呟《つぶや》きが夜気に溶ける。

「サプライズ訪問でも北大路《きたおおじ》さんは歓迎してくれますよ」

「そうかもな」

「いえ、言わなくて正解よ」

幸太《こうた》は首を回した。

クリスは腕を組んで虚空《こくう》を見つめている。

「『JK陶芸家』の個展にわたしたちは招かざる客なんだから、事前に伝えるべきじゃないわ」

彼女の目には一体、何が見えているのだろうか？

ふとそんなことを幸太《こうた》は思った。

＊＊＊

土曜日。

二愛《にあ》の個展の初日に、幸太《こうた》と氷雨《ひさめ》、クリスはときわ森プラザに集合していた。

ときわ森プラザはチェーン店のカフェや期間限定の物産展が入っている複合商業施設だ。すぐ隣には大きな公園もある。

「初めて来たな、ここ」

幸太《こうた》は解放感のある広いロビーを見渡した。

その横では氷雨《ひさめ》が案内板を見ている。

「わたしは一度、来たことがあります」

「物産展目当てに？」

「いえ、華道部の展示がここであったのです」

「そういうのもやってるんだな」

「北大路《きたおおじ》二愛《にあ》の展示はこっちよ」

グラサンをかけたクリスが奥を指さした。

「なんでサングラスかけてるんだ？」

施設が広いため、人通りはあまり多くない。幸太《こうた》が疑問に思って訊《き》くと、クリスは肩を竦《すく》める。

「これから行く場所を考えたら、用心したほうがいいでしょ」

スタスタと歩いていくクリスに、幸太《こうた》は首を傾《かし》げるばかりだ。

「展示室F……あれですね」

「うおっ、行列ができてる!?」

展示室の入り口には数十人が並んでいた。時刻は午前十時を少し回ったところだ。展示はまだ始まったばかりである。

「大盛況じゃないか。二愛《にあ》の作品を見るためにこんなたくさんの人が集まってるなんて」

「……それはどうかしらね」

ぼそっとクリスは呟《つぶや》く。

まるですべてを見通しているようだ。まあ、クリスのことだから見通してたって何の不思議もない。問題はそれを幸太《こうた》が教えてもらっていないことだ。

どうも二愛《にあ》の件になるとクリスは協力的じゃない。

「意味深だな」

「並んでいる先を確認してみなさいよ」

クリスに言われるまま、幸太《こうた》は展示室の中を覗《のぞ》き込む。

展示室Fは教室ほどの四角いスペースだった。両脇の壁にはガラスケース、中央にも大きなケースがある。正面奥には長机があって二愛《にあ》がいた。列の先頭は長机越しに二愛《にあ》と向かい合っている。

「何か販売しているのか……？」

「チラシには即売会もありますと書いてありました」

言われてみればそうだった。

どうやら列は二愛《にあ》の作品を買いに来た人たちのようだ。

様子を見ていると、小皿を受け取った客は二愛《にあ》に握手を求めている。二愛《にあ》は笑顔でそれに応じていた。よほど熱狂的なファンなのか、なかなか二愛《にあ》の手を離そうとしない。やっと離したと思ったら、その客はガラスケースを見ることなくそそくさと展示室を出て行った。

二愛《にあ》はもう次の人とにこやかに話している。

「……なんだか俺がイメージしていた個展と大分違うような」

「わたしも同じ感想です」

氷雨《ひさめ》は考え込むように顎に手を当てた。

「これはわたしたちは列に並ぶ必要がありません。わたしたちは北大路《きたおおじ》さんの作品を買いに来たのではなく、個展の展示を見に来たのです。自由に中に入れるはずです」

「そうだな。よし、入ろう」

幸太《こうた》たちは列を無視して展示室に足を踏み入れた。

途端に二愛《にあ》がこっちに気付き、ギョっとした顔になる。

「二愛《にあ》、個展やってるなんてすごいじゃないか。見学させてもらうぞ」

「な、なんでコーくんたちが来るの……!?」

予想以上にサプライズだったみたいだ。二愛《にあ》は唇を戦慄《わなな》かせて幸太《こうた》を凝視している。

「なんでって、湯山《ゆやま》陶工房に行ったらチラシくれてさ」

「は……？　何？　なんで湯山《ゆやま》とか行ってんの、意味わかんない」

「や、陶芸体験がしたくて……どうして怒ってる風なんだ？」

「――」

まるで天敵に遭遇したみたいに二愛《にあ》は幸太《こうた》を睨《にら》み据えている。意味がわからないのは幸太《こうた》のほうだ。自分たちが個展に来たら、湯山《ゆやま》陶工房で陶芸体験をしたら、どうしてそんなに都合が悪いのか？

即売会の客が訊《き》いた。

「二愛《にあ》ちゃんの友達？　まさかカレシじゃ――」

「違うから！　そんなんじゃないって！」

その声は展示室にひどく響いた。

「同じ高校ってだけ。クラスも違うし、別に仲良くもないし、顔見知りなだけで――」

「随分な言いようですね」

二愛《にあ》の必死な言葉に、氷雨《ひさめ》が水を差した。

「普段言っていることとまるで違うではありませんか。いつもの主張はどうしたのです？　あなたは幸太《こうた》くんのいいなず――むぐっ」

二愛《にあ》の動きは速かった。

獲物を見つけた肉食獣のように氷雨《ひさめ》に飛びかかり、彼女の口を塞ぐ。

目を白黒させている氷雨《ひさめ》に、二愛《にあ》は押し殺した声で告げる。

「――それ以上言ったら、口に壺《つぼ》突っ込むよ？」

本気《マジ》の目に氷雨《ひさめ》がたじろぐ。

二愛《にあ》はくるりと長机に戻った。ガサゴソと荷物を漁《あさ》った後、声を張り上げる。

「あっ、クリスちゃん、頼まれてたフナムシの置き物できてるよー」

「誰も頼んでないわ⁉」

「じゃーん！　フナムシそっくりでしょ？　お部屋に飾ってね」

そう言って二愛《にあ》は黒い虫の置き物を掲げる。脚がたくさんあって、特に虫嫌いではない幸太《こうた》でもあまり見たくない造形だ。

ひっとクリスは顔を引きつらせた。

「飾るわけないでしょ、そんな気持ち悪いの」

「クリスちゃんはお金持ちだから割引しなくてもいいよね」

「しかも売りつけるつもり⁉　タダでもいらないわ」

「大丈夫。カード決済も対応してるよ」

「だから買わないって言ってるでしょ！」

「えー、クリスちゃんのために作ったのにー。ほらほら～」

「ちょっ、近付けんじゃないわよ……！」

二愛《にあ》は気色悪い置き物を手にクリスに迫る。

「え、もしかしてモデルのクリスちゃん？」

「マジ？　本物？」

即売会の客がクリスティーナ・ウエストウッドに気付きだしたようだ。

ざわめく周囲に、クリスは「あーもう！」とツインテールを乱した。

「一時退散するわよ、コータ！」

幸太《こうた》の服を引っ張り、クリスは展示室の出口へ向かう。氷雨《ひさめ》が「待ってください！」と後を追ってきた。


「あの女、コータを展示室から出すのにわたしを利用したわ。世界のクリスティーナ・ウエストウッドをよ。ぜーったい許さないわ！」

ときわ森プラザのロビーまで来たクリスはぷりぷりと怒っていた。

氷雨《ひさめ》がぼそっと言う。

「利用される側を経験できてよかったではないですか」

「何ですって？」

「自業自得《じごうじとく》でしょう」

「はっ、前回のことを根に持ってるってわけね。執念深いと嫌われるわよ」

「嘘《うそ》つきよりマシです」

「あーっと、そこまで」と幸太《こうた》は間に入った。ここで二人の喧嘩《けんか》が始まると、本来の目的から外れてしまう。

「なんで二愛《にあ》は俺たちに来てほしくなかったんだ？　あんな態度を取られるとは予想してなかったんだが」

「そうですね。知り合いが個展に来てくれたら嬉《うれ》しいと思うのが普通です。ましてや許嫁《いいなずけ》の幸太《こうた》くんが来たのですから、喜ぶのが道理でしょう」

「……だから言ったでしょ。わたしたちは招かざる客だって」

クリスはため息混じりに言う。

「展示室を覗《のぞ》いただけで違和感は覚えたはずよ。これは果たして『個展』なのか、と」

「……個展というより、即売会だったな」

「そう。人が並んでいたのは作品を買うため。その人たちも買ったらすぐに展示室を出て行ったわ。展示作品を見ていた人はいなかった。個展本来の姿ではないわよね」

「つまり……？」

幸太《こうた》は首を捻《ひね》った。

「俺たちは二愛《にあ》の作品を買わないから歓迎されなかったのか？」

冷やかしだから邪険にされたのだとしたら頷《うなず》ける。二愛《にあ》としてはやはり自分の作品を買ってもらいたいはずだ。

ふぅー、とクリスはこめかみに指を当てていた。

「……ま、コータらしい結論なんじゃないかしら」

「おまえには違う結論があるのか？」

さあ？　とクリスははぐらかすようにそっぽを向く。

「クリス、わかってるなら教えてくれよ」

「自分で考えることも大事よ、コータ」

「そうだけど！　他に意見があるなら教えてくれたっていいじゃないか。同盟者だろ⁉」

クリスの顔が歪《ゆが》んだ。

けれど、彼女は幸太《こうた》を見ることなく言う。

「あーあ、このまま引き下がるなんて癪《しゃく》だわ。客がいなくなった頃にまた、北大路《きたおおじ》二愛《にあ》のところに突撃するわよ。さっきのお返しをしなきゃ気が済まないわ！」

「それはいいけど、クリス――」

ガチャン、と。

何かが割れる音がして幸太《こうた》は振り返った。

物産展の近くにはゴミ箱が設置されている。そこに皿を放り込んでいる男がいた。

リュックサックから出した皿を彼は躊躇《ちゅうちょ》なく捨てている。ガチャン、ガチャン、と耳障《みみざわ》りな音が響いていた。

「あの、何してるんですか？」

思わず幸太《こうた》は声をかけていた。

声をかけずにはいられなかった。その男が捨てている皿は、さっき二愛《にあ》の個展で見たものとひどく似ていたからだ。

三十路《みそじ》くらいの小太りの男だ。彼はジロ、と幸太《こうた》を一瞥《いちべつ》した後、再びゴミ箱に皿を放る。

「見ればわかるだろ。ゴミを捨ててるんだよ」

「ゴミって、皿じゃないですか」

「いらない皿はゴミだろ」

「待っ、その皿、二愛《にあ》の個展で買ったんじゃないんですか⁉」

捨てられる直前の皿を一枚、キャッチしていた。

男が不快感を露《あらわ》にして幸太《こうた》を見る。

「だから、どうしたんだよ」

「なんで捨てるんですか……？　せっかく買ったのに」

「いらないからだよ！　しつこいな！」

「じゃあなんで買ったんですか⁉　いらないならどうして」

「――二愛《にあ》ちゃんといっぱいお喋《しゃべ》りしたいからだよっ！」

男の怒声に幸太《こうた》は足元がグラついた気がした。

(二愛《にあ》と喋《しゃべ》りたいから、皿を買った……？　そんな目的で皿を……？)

呆然《ぼうぜん》としている幸太《こうた》に、男は汚らしく唾を飛ばして喚《わめ》く。

「二愛《にあ》ちゃんと話したいから皿を買って、帰りに捨ててるのは俺だけじゃないからな！　即売会で並んでる常連はみんなそうだよ。たくさん買えば二愛《にあ》ちゃんは笑ってくれるし、俺たちも長く話せる。皿はいらないから帰り道に捨てるけど、自分が買ったものをどうしようと勝手だろ。二愛《にあ》ちゃんも俺たちもそれで満足なんだよ！」

——何を言っているんだ、こいつは。

二愛《にあ》が皿を作るのにどれだけ心血を注いでると思ってるんだ。

いくら自分が買ったものだからって、皿を捨てられて二愛《にあ》が喜ぶと思っているのか。満足しているのはおまえだけだ。二度と二愛《にあ》の作品を買うな。二愛《にあ》はおまえみたいな奴《やつ》に売るために皿を作ってるんじゃない。

言いたいことが幸太《こうた》の頭に次々と浮かぶ。

だけど、それを口にする気力は湧いてこなかった。自分が何を言ったところでこの男にはきっと届かない。そんな確信があった。

幸太《こうた》が黙り込み、三十路男《みそじおとこ》は忌々《いまいま》しげに舌打ちをする。さっきの皿で最後だったのか、リュックサックのチャックを閉めて彼は去っていった。

幸太《こうた》の手には皿が一枚残された。

「……そういうことでしたか」

立ち尽くす幸太《こうた》の傍《そば》に氷雨《ひさめ》がやってきた。

「何故《なぜ》、北大路《きたおおじ》さんが幸太《こうた》くんが個展に来たのを嫌がったのか、やっと理解できました。個展は北大路《きたおおじ》さんとそのファンの交流会だったのですね」

アイドル活動のようなものだ。

CDが皿で、それをたくさん買えば二愛《にあ》と長く話せる。握手をしてもらっている客もいた。

彼らは二愛《にあ》の作る皿ではなく、二愛《にあ》自身に興味があるのだ。

そして、アイドルである二愛《にあ》にカレシや婚約者がいたら当然マズい。

二愛《にあ》が氷雨《ひさめ》の口を塞いだのはそのためだったのだ。

「それにしても、これはあんまりじゃないのか……？　二愛《にあ》はアイドルじゃなくて陶芸家なんだぞ⁉　アイドルだったら歌やダンスだけじゃなくて容姿も売りだけど、陶芸家は作品が売りだろうが……！」

陶芸作品が売りにならないなら、それはもはや陶芸家ではない。

「でも、これが北大路《きたおおじ》二愛《にあ》の現状なのよ」

クリスは幸太《こうた》にスマホの画面を見せる。

「SNSで人気のJK陶芸家。自作の陶器を写真で紹介したり、実際に作るところを動画で上げてたりするけど、ファンの男たちが反応しているのは彼女の容姿や天然なコメントについて。彼らが見ているのは彼女の作品ではなく、彼女のキャラクターなのよ」

　画面には二愛《にあ》のＳＮＳのページが表示されていた。

　陶器を手に持っている二愛《にあ》だが、彼女自身のほうが目立つ写真がヘッダーになっている。あまり陶芸家らしくない。

「あの子、素で天然じゃない。ＳＮＳでもそれがウケているみたいね。彼女の投稿には毎回、熱烈なリプが付いているわ。それに北大路《きたおおじ》二愛《にあ》も一つ一つコメントを返している。ファンサービスがいいのも人気が出る要因でしょうね」

「……おまえは初めからわかってたのか」

　クリスは顎を持ち上げた。

「個展に並んでいたのが全員、男性だったのも予想通りってとこかしら」

「この皿は高値で売れたりしないのか……？」

　偶然にも手に入れてしまった二愛《にあ》の皿。直径十センチほどで渋い色合いをしている。

「無理でしょうね。北大路《きたおおじ》二愛《にあ》だってバカじゃないわ。オークションで値段が付かなかったのを即売会に持ってきてるはずよ」

「そっか、そうだよな……」

「高値で売れるのであればファンの人も捨てないでしょう。二束三文にもならないから捨てているのです」

幸太《こうた》はゴミ箱に目を遣った。

そこには何枚もの割れた皿が散らばっている。

とても見ていられなかった。

「幸太《こうた》くん……？」

ゴミ箱に手を突っ込んで皿の破片を拾い始めた幸太《こうた》に、氷雨《ひさめ》が声をかける。

「とりあえず目に付いた皿は拾っておくよ。俺の気分が悪いからな」

二愛《にあ》は休憩のためにときどき展示室から出てくるだろう。

そのとき自分の皿をゴミ箱に見つけたら——幸太《こうた》が受けたショックとは比べものにならない傷を負うに違いない。

二愛《にあ》が何年も真面目に陶芸をやっていると知っているから。

陶芸に情熱を燃やしているのを目の当《ま》たり《あ》にしているから。

彼女にだけは絶対に、この惨状を見せてはいけないのだ——。

不意に幸太《こうた》の横から腕が伸びた。

氷雨《ひさめ》だった。彼女はゴミ箱から皿の破片を拾い、ハンカチに載せる。

「手伝います」

「いやでも、汚れたら悪い——」

さすがに幸太《こうた》でも、氷雨《ひさめ》がオシャレしてきてくれてるのには気付いている。ゴミ箱を漁《あさ》らせるのは申し訳ない。

だが、

「知人が作った皿が捨ててあるのはわたしも不愉快なのです」

有無を言わせない瞳で見つめられた。

「……ありがとう」

二人で皿を拾っていると、後ろで大仰なため息が聞こえた。

「焼け石に水じゃないかしら。あのオタクが言っていたでしょ。皿を捨てているのは自分だけじゃないって」

「この後、横の公園とかも覗《のぞ》いてみるさ。二愛《にあ》の個展に戻るのは、それが終わってからでもいいだろ」

「仕方ないわね。でも、わたしはゴミ漁《あさ》りはしないから」

「ああ」

幸太《こうた》も初めからクリスに手伝ってもらおうとは思っていない。

「お手洗い行ってくるわ」とクリスは颯爽《さっそう》と去っていく。

幸太《こうた》と氷雨《ひさめ》は他人の目も気にせず、皿の破片を集め続けた。

◆◆◆

お手洗いの角を曲がったところでクリスは足を止めた。

「ホオズキ」

「……ここに」

一切の気配なく真後ろに現れた漆黒のメイドに、クリスは驚きもしなかった。いつだってパーフェクトな働きをする彼女に淡々と命じる。

「近辺に捨てられている北大路《きたおおじ》二愛《にあ》の皿をすべて除去しておきなさい。これ以上、コータとヒサメに共同作業をさせないで」

「……御意」

現れたのと同様に、メイドは忽然《こつぜん》と消えた。

(ゴミ漁《あさ》りしたって無駄なのに。コータの自己満足にしかならないわ)

わかっているけれど、それを彼に伝えたところで彼の行動は変わらないのだろう。幸太《こうた》はそういう性格だ。

壁にもたれたクリスはぷーっと頬を膨らませる。

「あの子のためにそこまでするなんて優しすぎるわよ、コータ。……はあ、好き」

＊＊＊

その後、幸太《こうた》と氷雨《ひさめ》、クリスはときわ森プラザを出てゴミ箱を見て回ったが、二愛《にあ》の皿は見つからなかった。

「捨てられていた皿はあれだけだったようです」

「みたいだな。捨てられてないなら、よかったんだが……」

どことなく腑《ふ》に落ちない。

皿を捨てているのは自分だけじゃないとあの男は言っていた。他にも二愛《にあ》の作品が近くに捨てられていてもおかしくないのに。

「まだ探しますか？」

幸太《こうた》の考えていることを察したのか、氷雨《ひさめ》が訊《き》いてくる。

あまり女子たちを歩かせても申し訳ない。幸太《こうた》は首を振った。

「いや、これだけ探してなければ大丈夫か。あとは他の客が家で皿を捨ててないのを祈るだけだな」

「そこまで面倒見きれないわよ。やれることはやったんじゃないの」

ゴミ漁《あさ》りに不参加を表明したクリスも、皿探しにはちゃんと参加している。といっても、後方で腕組みをしているだけだったが。

「……そうだな」

「個展に戻るわよ。北大路《きたおおじ》二愛《にあ》に文句の一つでも言ってやらないと」

闊歩《かっぽ》するクリスのツインテールが冬の風になびいた。

幸太《こうた》の足取りは重かった。あんなのを見てしまった後で、どんな顔をして二愛《にあ》に会えばいいのか、何て声をかければいいのかわからない。

個展で行われていた即売会はもう終わっていた。

客がいない代わりに、デジカメとボイスレコーダーを持った人がいる。どうやら取材をしているようだ。

邪魔にならないよう、幸太《こうた》たちは静かに展示室に入る。

快活に受け答えする二愛《にあ》の声が聞こえてきた。

「普段は高校に通いながら作陶をしています。部活には入ってないですね。陶芸部があれば入ったんですけど。放課後は自分の工房で作陶していて、この前作ったのは薪窯《まきがま》で……え、高校の友達とよく遊びに行く場所ですか？　えっと、転校したばかりで高校に親しい友人はあまりいなくて……ファミレス行ったくらい……女子高生らしいこと？　ぁ、うー、イチゴのパンケーキ食べました、とかでいいですか……？」

インタビューが終わり、取材の人が二愛《にあ》の写真を撮っている。

「北大路《きたおおじ》さん、もう少し寄ってもらってもいいですか？」

「え、でも、これ以上寄ったら作品が写らないんじゃ……」

「大丈夫ですよ、背景には写ってますから」

「――」

気になって幸太《こうた》はチラ、と二愛《にあ》のほうを盗み見た。

カメラを見つめる二愛《にあ》は百点満点としか言いようのない笑顔だった。

四章

狂気の中に詰め込まれていたもの

KONNA KAWAII IINAZUKE GA IRU NONI, HOKA NO KO GA SUKI NANO?

バイトを遅くまでやって帰ってきたとき、大体悩むのはこれである。

「夕飯、どうするかなあ……」

冷蔵庫を開けて幸太《こうた》はボヤく。

ラーメン屋を営む父親の帰宅はいつも夜遅いが、今日はさらに友人と飲み会があるそうだ。

夕食は幸太《こうた》一人で食べるようラインが来ていた。

食事は二人分作らなくていいから楽、とはならない。一人分作るほうがかえって面倒だったりする。

テキトーに肉と野菜を炒《いた》めて終わらせるか、と思ったとき、

――ピンポーン。

狭い家に響いたインターホンにビクっとした。

時刻は午後十時を回っている。

(こんな時間に誰だ……?)

厄介なセールスや勧誘ではないのを祈りつつ、幸太《こうた》はそっとドアを開けた。

「コーくん、やっほ」

「二愛《にあ》……？」

夜の冷えた空気の中、制服姿の二愛《にあ》が立っていた。鼻の頭は赤くなって、両手に息を吹きかけている。

「どうしたんだよ」

「入れて」

「え？」

「家に上げてよ」

「上げてって……おまえ、今何時だと思ってるんだよ」

常識的に考えたら高校生は家にいる時間である。

だが、二愛《にあ》はまったく気にする様子はない。

「お腹《なか》空いたな。コーくん、晩ごはん食べた？」

「家に帰って食べればいいだろ」

「食べてないなら、わたし作ってあげるよ。晩ごはんじゃなくて夜食でも」

「俺のは自分で作るから結構。マジでもう遅いから早く帰れよ。じゃあな――」

ドアを閉めようとしたとき、ガッと扉を摑《つか》まれた。

「なんで入れてくれないの？　夜遅くに許嫁《いいなずけ》が来たらフツー家に入れるよね？　問答無用で追い返すなんてありえないっていうか冷たすぎると思うんだけど、わたしお腹《なか》空いたって言ったよねコーくんの分も作ってあげるって言ってるのにそれでもコーくん全然喜ばないのはどういうことなのか説明してくれるまでわたし帰らないよ」

(どんなセールスや勧誘よりも厄介だった……！)

がっちりとドアを摑《つか》んだ二愛《にあ》は隙間から顔を覗《のぞ》かせている。両目の瞳孔は完全に開ききっている。軽くホラーだ。

「わかった、入れるからさ……」

渋々折れる幸太《こうた》。

わーい、と態度をコロっと変えて二愛《にあ》は入ってきた。そこで初めて、彼女がスクールバッグではなく旅行用みたいなボストンバッグを持っているのに気付く。

「……？」

「コーくん、晩ごはんがいい？　軽い夜食がいい？」

「あー、俺もまだ夕飯食ってないから」

「じゃ、晩ごはんだね。冷蔵庫、何があるかなー。うわっ、相変わらず激安食材ばっかだ。これなんて賞味期限切れてる！」

「見切り品だったからな。大丈夫だ、一日過ぎたくらいなら余裕だ」

「たまにはクリスちゃんにたかりなよ。クリスちゃん、チョロいからコーくんがおねだりしたら松阪牛とか買ってくれるよ」

「んなことできるか」

冷蔵庫を我が物顔で開けて二愛《にあ》は勝手なことを言っている。

玄関に放置されたボストンバッグについて言及するタイミングはとうに逸していた。

「うん、鍋にしよう！」

冷蔵庫内を物色した末、二愛《にあ》は言った。

「鍋？」

「激安食材でもそれなりに美味《おい》しくなるしー」

「うちの食材がショボくて悪かったな」

「いろんな具入るからボリュームあるしー」

「腹は満たされそうだな」

「寒い日はやっぱ鍋でしょ！」

「オッケー、それでいこう」

「わたし作るからコーくん座ってて」

「俺もやるよ。二人で作ったほうが早いだろ」

ブレザーを脱いでエプロンを付ける二愛《にあ》の横で、幸太《こうた》も部屋着の袖を捲《まく》った。

幸太《こうた》が野菜やキノコを洗い、二愛《にあ》がそれを切る流れ作業だ。

二愛《にあ》の手つきが危なっかしいようならすぐに役割を交代するつもりだったが、それは杞憂《きゆう》だった。鼻唄を歌いながら二愛《にあ》は手際《てぎわ》よく具材を切っていく。

幸太《こうた》が様子を窺《うかが》っているのに気付いたのか、彼女がこっちを見た。

安アパートのキッチンは二人並んだだけでキャパオーバーだ。触れ合うような距離で二愛《にあ》は微笑《ほほえ》む。

「幼稚園のときみたいだね」

「……ラーメン屋さんごっこか」

「コーくんの横でこうしてるの、懐《なつ》かしいな」

「作ってるものが違うだろ」

「二人の共同作業じゃん。同じだよ」

共同作業。

言葉のチョイスから結婚を連想してしまい、幸太《こうた》は黙した。

幸太《こうた》の気まずさを感じているのかいないのか、二愛《にあ》は鍋に具材を放り込んでいく。

「うーん、味付けこんな感じかな」

調味料を入れてはお玉で鍋をかき混ぜている二愛《にあ》。小皿で味を見た彼女は、幸太《こうた》にもそれを差し出した。

「コーくんも味見て？」

言われるままスープを啜《すす》る。

昆布だしと鳥ガラの効いた塩味だ。あっさりしていていくらでも食べられそうである。

「バッチリ」

「後は煮えるのを待つだけだね」

二愛《にあ》はにっこり笑って、鍋の蓋を閉じた。

鍋ができるまでの間に二人で箸などを用意する。

取り皿を探して二愛《にあ》が戸棚を開けたときだった。

「あ、コーくん、わたしのお皿、まだとってあるじゃん」

弾んだ声が上がる。

最初に二愛《にあ》が幸太《こうた》の家で料理したときに置いていった皿だ。そのときはまだ二愛《にあ》の作ったすべての皿が高値で取り引きされていると思っていた。

「とんでもなく高いかもしれない皿を捨てられるか」

「あはは、お皿の値段なんか気にしなくていいのに」

「俺は気にするんだよ。大体、俺はその皿をもらった覚えもない」

「いーよ、コーくんにあげる」

「……それは――」

オークションで値が付かなかった皿だからか？

訊《き》きそうになって言葉を飲み込んだ。

知らないことにしておいたほうがいいことだってある。二愛《にあ》が言っていない以上、これは幸《こう》太《た》が言うべきじゃない。

二愛《にあ》は「どれ使おうかなー」と皿を見ている。ふと、その手が止まった。

「あれ？　この小皿――」

彼女が手にしていたのは、ときわ森プラザのゴミ箱に男が捨てようとしていた皿だった。結局、あの一枚は幸太《こうた》が持ち帰ったのだ。

「っ……！」

幸太《こうた》は息を詰める。

迂闊《うかつ》だった。だが、防ぎようもなかった。

（二愛《にあ》はそれがこの前の即売会で売ったものと覚えているのか……？）

彼女は膨大な数の皿を作っている。

小皿の一枚一枚をどこで売ったか、誰にあげたか、いちいち覚えていないのでは？　頼むから覚えていないでくれ。

祈るような気持ちで幸太《こうた》が身体《からだ》を強張《こわば》らせていると、彼女は静かに小皿を元の位置に戻した。

別の器を取る。

「今日はこれ、使おっか」

そう言ってこっちを見た二愛《にあ》は、さっきと寸分違《たが》わぬ無邪気な笑顔だった。

ほっと幸太《こうた》は緊張を解く。

「ああ」

「コーくん家、お皿少なくない？　いつも足りてるの？」

「親父《おやじ》と二人しかいないからな」

ふーん、と二愛《にあ》が言う。

「……余ってる皿あったら、もらってもいいけど」

「ほんと？」

「うちの棚に入る分だけだぞ」

「じゃあ、今度フナムシの置き物持ってくるね！」

「それはいらねえよ」

卓上コンロに鍋を置いて、蓋を開けた。

美味《おい》しそうな匂いと蒸気が立ち昇り、二愛《にあ》が「うわあ〜」と声を上げた。

ぐつぐつと煮える野菜類と鶏肉《とりにく》のつみれ。ビジュアルは百点満点だ。

「「いただきます」」

幸太《こうた》も二愛《にあ》も熱々の具材を口に運ぶ。

「ん～最高。激安食材がこんなに美味《おい》しくなるなんて」

「激安食材言うな。安くても旨《うま》いものは旨《うま》いんだ」

「つみれもフワフワだし、大成功だね」

鶏団子を頬張った二愛《にあ》は満足そうだ。二愛《にあ》のアイデアで作ったつみれだが、これも塩味の鍋にはぴったりだった。

二人はあっという間に鍋を完食する。

「くそ、この出汁《だし》ならシメにはラーメンを投入したかった……」

「ラーメンないの？　ラーメン屋なのに？」

「家にあるわけないだろ。店じゃないんだぞ。雑炊一択だな」

「じゃ、わたし作っちゃうね」

二愛《にあ》は残った鍋の出汁《だし》にご飯を投入して、雑炊を作ってくれる。

エプロン姿で甲斐甲斐《かいがい》しく調理する彼女を、幸太《こうた》はぼんやりと眺めていた。

……居心地がいい。不覚にもそう思ってしまった。

調理も、味付けも、安心して任せられる。

十年ぶりに再会したはずなのに、もうずっと長いこと一緒にいるみたいだった。

二人とも雑炊を食べ終えて、二愛《にあ》は両手を合わせる。

「ごちそうさま」

二愛《にあ》は空になった食器をシンクに運ぶ。

先手を打って幸太《こうた》は言った。

「片付けは俺がやっておくよ」

「え、悪いよ」

「いいから。おまえは家に帰れって」

時刻はもう十一時だ。

さすがに帰らないとマズいだろう。

「夕飯も食ったことだし、帰れよ。送ったほうがいいか？」

シンクに立った二愛《にあ》は背中を見せたままだ。古びた蛍光灯が赤茶色のポニーテールを照らしている。

「……今日は帰らない」

「え？」

「コーくん家に泊まる」

「うちに泊まるって、ダメに決まってるだろ……」

「なんでダメなの？」

「うち狭いし、あと数時間したら親父《おやじ》も帰ってくるし」

「大丈夫だよ、わたし小さいから。台所の隅でも平気だよ」

「そういう問題じゃねえんだよ。男子の家に泊まるとか完全にアウトだろ！」

「許嫁《いいなずけ》なのに？」

二愛《にあ》が振り向く。

「婚約してるんだからアウトじゃないよね」

これ以上それに突っ込んだら負ける。経験がそう告げた。

論点を変える。

「……なんで帰らないんだよ」

「親と喧嘩《けんか》した」

「原因は？」

「進路とか、学校休んだこととか」

ああ……、と声が洩《も》れた。

「学校休むの、親にも言ってなかったのか」

「どうせ反対されるのに言うことないよね」

「それはそうかもしれないが……」

「せっかくお父さんが出張のとき狙ったのになー」

髪をいじる二愛《にあ》は悪びれる素振りもない。

「そういうわけだから、わたし、しばらく家には帰らないよ」

おい、と幸太《こうた》は目を剝《む》く。

「さっき『今日は』って……しばらくってどれくらいだよ」

「んー決めてない。親と仲直りするまで」

「家に帰らなくてどうやって仲直りするんだよ」

「ラインあるじゃん」

「親が心配するぞ」

「『出てけ』って言ったの親だし」

はあ、と幸太《こうた》はため息をついた。

どうやら本格的に喧嘩《けんか》したらしいことはわかった。

「それであの荷物か」

幸太《こうた》は玄関のボストンバッグを見る。旅行用だったのにはきちんとした理由《わけ》があったのだ。

「うん、シャンプーまで持ってきたからね。コーくん家に女子用のグッズがあるとは思えないし。もしあったら、なんでかなって思っちゃうよね」

「……まさかおまえ、ずっと俺ん家に泊まるつもりで……⁉」

「同棲《どうせい》、楽しみだね、コーくん」

「っ……！」

勢いよく幸太《こうた》は立ち上がっていた。

勘弁してくれ、と思う。許嫁《いいなずけ》のつもりで二愛《にあ》は幸太《こうた》と同棲《どうせい》なんて言っているのだろう。でも、幸太《こうた》にその気はない。

二人の気持ちは決定的にズレているのだ。

しかし、幸太《こうた》がそれを指摘する資格はない。

何故《なぜ》なら、この婚約は他でもない本人同士が決めたものだから――。

まるで袋小路《ふくろこうじ》だ。抜け道が見つからない。

言葉を探す幸太《こうた》に二愛《にあ》が近付く。

「わたし、毎日コーくんに美味《おい》しい料理作ってあげられるよ。それはもうわかったでしょ？」

「……別に料理に困ってるわけじゃ……」

「幼稚園のとき一緒にいたせいかな。コーくんの傍《そば》だと安心するの、わたしだけ？」

「――」

「頼れる人、コーくんしかいないんだ。邪魔になんないようにするから、お願い」

上目遣いで二愛《にあ》はこっちを見ている。

しおらしい姿と湿っぽい声音に、ぐらりと気持ちが揺れた。

「……まあ、今日だけなら」

それが幸太《こうた》なりの譲歩だった。

そっか、と二愛《にあ》は言った。

ぱっと彼女は身を翻《ひるがえ》してボストンバッグに向かう。ゴソゴソと荷物を漁《あさ》り、手にしたのは洗面道具だった。

「お風呂《ふろ》借りるね」

いつもの明るいトーンで言った二愛《にあ》は風呂場《ふろば》へ行く。

「あ、ああ。ちょっと待ってくれ。脱衣所、シーツで仕切るから」

「へー、コーくん、よく気付くね」

「……うちに女子が泊まったことがないわけじゃない」

「わお。クリスちゃん？　ひさめちゃん？」

「クリスだよ」

「なーんだ、クリスちゃん、やることやってんじゃん」

「違っ、泊まったといってもマジで何もなかったから！　誓ってやましいことは何も――」

「慌てなくていいよ、コーくん。わたし、本当にコーくんが誰と関係持ってても気にしないから」

「――」

「わたしの婚約者でいてくれるなら、ね」

台詞《せりふ》を残して二愛《にあ》はシーツの向こう側に消えた。

「……」

幸太《こうた》は後退《あとずさ》ってシーツから離れた。二愛《にあ》の服を脱ぐ音を聞いてしまわないようにだ。

テーブルの上を片付けながら、どうするんだ？　と考える。

今日はもう遅いし、追い出せない。

だが、明日からは？

二愛《にあ》は幸太《こうた》の家に居候《いそうろう》する気で準備してきている。明日以降も「許嫁《いいなずけ》だから」を理由に泊まろうとしてくる可能性が高い。

女子で親しい友人がいるなら初めからそっちに行くはずだ。リスクのある男子の家に、幸太《こうた》の元に来たのは、頼れるのが本当に幸太《こうた》だけだからなのだろう。

（二愛《にあ》との婚約を放置していたらこんなことに……俺はどうしたらいいんだ！）

ブブ、と部屋の隅で音がした。スマホだ。

これだ……！　と幸太《こうた》はスマホに飛びつく。

二愛《にあ》のことを相談できるのは二人しかいない。

どっちでもいい、とにかく助けてくれ。切実な思いで幸太《こうた》は二人に同じ内容のラインを送った。

『二愛《にあ》がうちに押しかけてきて困ってるんだが、どうすればいい？』

〜氷雨《ひさめ》のメッセージ〜

『今すぐビデオ通話をしてください』

『どうして？』

『わたしが一晩中、北大路《きたおおじ》さんの話し相手になりましょう』

『ただの通話でよくないか？』

話すならビデオ通話じゃなくてもいい。そもそも二愛《にあ》は一晩中、氷雨《ひさめ》とお喋《しゃべ》りするだろうか？　望み薄である。

『いえ、ビデオ通話は絶対です。北大路《きたおおじ》さんの顔が見たいのではありません。わたしは幸太《こうた》くんたちの様子を確認したいのです』

『様子？』

『いくら北大路《きたおおじ》さんが恥知らずでも、ビデオ通話をしていたら破廉恥《はれんち》な行為には及べないはずです』

あー……、と声が洩《も》れた。

氷雨《ひさめ》が何を心配しているのかわかった。

『いや、それはたぶん大丈夫。どうにかしてほしいのは婚約自体で』

『油断は禁物です。幸太《こうた》くんの身に何かあったらどうするのですか⁉』

『それ言われるのは普通、女子じゃ』

『今、コーヒーを飲んできました。これで今夜は徹夜できます。さあ、ビデオ通話を』

そこで不自然に文面が途切れた。

『ま、待ってください。ビデオ通話をしたらわたしのパジャマ姿も幸太《こうた》くんに見られてしまうのでは……？』

『まーそうなるけど。パジャマ姿の氷雨《ひさめ》も可愛《かわい》いと思うよ』

むしろ見てみたい。

が、

『ダ、ダメです！　こんな恥ずかしい恰好《かっこう》、幸太《こうた》くんに見せられません。今すぐ着替えてきます！』

幸太《こうた》は頭をかいた。

『えーっとさ、それ以前にビデオ通話はあんまり解決にならないかも。夜遅くにごめん。また明日、学校で』

氷雨《ひさめ》とのトーク画面を閉じる。

〜ここから未読メッセージ〜

『お待たせしました。準備完了です』

『幸太《こうた》くん？　どうしたのですか？　いつでも通話どうぞ』

『何故《なぜ》、既読すら付かないのです⁉　無事ですか、幸太《こうた》くーん！！！』


〜クリスのメッセージ〜

『ヘリで駆けつけたほうがいい？』

『ヘリ？』

『ヘリコプター。十分でコータのアパートに行けるわ』

『待て待て。災害救助かっ』

金持ちの発想はこれだから怖い。人命がかかっているわけでもないのに、ヘリコプターを出動させようとするとは。

『災害みたいなものじゃない。……というのは冗談として』

『冗談なのかよ』

『ついにわたしの今回の作戦が活《い》きるときが来たわね。覚えてる？』

ノートに書いた「婚約解消同盟」を思い出した。

『動くな、か』

『そう。彼女との婚約は他でもないコータが結んだもの。だから、コータが逃げないで向き合わない限り、解消はできないのよ』

ぐうの音《ね》も出ない正論だ。

だが、具体的な解決方法はわからない。

『俺にどうしろと』

『それはコータが決めることよ』

またか！　と思った。

今回、クリスは非協力的すぎる。何か彼女なりの思惑があるのか、それとも——。

『勘違いしないように言っておくけど、突き放しているわけじゃないわ』

幸太《こうた》の考えを読んだのか追加でメッセージが来る。

『ヒントをあげる。彼女を納得させるの。ちゃんとした理由があれば彼女も婚約解消に応じてくれるわ』

『ちゃんとした理由って……それが見つからないからずっと婚約解消できないでいるんだろうが！』

『本当にまだ見つかってないの？　本気で？　コータが見過ごしているだけじゃなくて？』

メッセージを見つめたまま固まってしまった。

もう答えは見つかっている。クリスはそう言っているのだ。

『わたしたちは既に彼女についてよく理解したはずよ。何が彼女にとって一番大事なのか』

ここ数週間の出来事を思い返す。

二愛《にあ》を知るために巡った日々を。

『今回の解決方法はコータが自分で見つけないとダメなのよ。だって、コータがした約束なんだもの』

『俺はもう自力で解決できる段階にある。おまえはそう言いたいんだな？』

返信が来るまでに間があった。

焦《じ》れる。

これまでともに婚約解消に取り組んできた同盟者。その彼女からお墨付きがもらえるなら、幸太《こうた》も自信を持って二愛《にあ》に向き合えるだろう。

他でもないクリスが認めてくれるなら――。

『そうよ。世界のクリスティーナ・ウエストウッドが保証するわ』

欲しかった言葉でほっとした。

『もし逃げたくなったら言って。一分で行けるわ』

『短縮してる!?　おまえ何で来るつもりだ!?』

二人とのラインを終え、幸太《こうた》は和室に二愛《にあ》用の布団《ふとん》を敷き始めた。彼女は部屋の隅でいいと言っていたが、さすがに女子を杜撰《ずさん》な扱いにはできない。

洗濯したばかりのシーツを敷いていたときだった。

後ろで人の気配がした。

「お風呂《ふろ》ありがと、コーくん」

「ああ、ちゃんと使えたならよかっ——!?」

しゃがんだまま振り向いた幸太《こうた》の目が点になる。

二愛《にあ》はぶかぶかのワイシャツを羽織っていた。おそらく幸太《こうた》のだろう。脱衣所にあったのを着たのだ。

「おまっ……なんで、それ……!?」

「パジャマ忘れてきちゃった。貸して。いいよね?」

「い、いいわけねえだろ……!」

百歩譲ってワイシャツを貸すだけだったらまだ許せる。許しがたいのは、二愛《にあ》の下半身は下着だけなのだ。

丸出しの太腿《ふともも》が眩《まぶ》しい。幸太《こうた》のシャツの丈では辛《かろ》うじて下着が隠れるくらいで、いけないと思っていても際《きわ》どいとこに目が行ってしまう。

精神力で幸太《こうた》は視線を引き剝がした。

「せめて何か穿《は》けよ……俺のジャージ、じゃサイズ合わないか……」

「穿《は》かなくていいよ」

「頼むから穿《は》いてくれ。俺が困る！」

「意味わかんない。どうせ脱ぐのに」

は？　と思った。

パチ、と二愛《にあ》は電気を消す。

いきなり暗くなって戸惑う幸太《こうた》。二愛《にあ》が幸太《こうた》の脚の上に座ってきた。女の子座りだ。太腿《ふともも》に二愛《にあ》の重みを感じた。

「コーくん、しよっか」

不意に訪れた暗闇。吐息混じりの囁《ささや》き。

しよっか。

その意味をすぐには理解できなかった。

「婚約してるなら、しとかないとね」

キッチンの蛍光灯で逆光になっているため二愛《にあ》の表情は見えない。彼女の細い腕が幸太《こうた》の首に回され、抱き合うみたいになる。

そこで初めて何が起ころうとしているのか悟った。

「待っ、ストップ……！」

二愛《にあ》の肩を摑《つか》んで止める。

「なんで止めるの？」

風呂《ふろ》上がりのせいだろうか、シャツ越しでも彼女の身体《からだ》が火照《ほて》っているのがわかった。

まん丸い瞳が幸太《こうた》を捉える。

「わたし、コーくんの許嫁《いいなずけ》なんだよ？　ガマンしなくていいんだよ？」

健全な男子高生には甘すぎる誘惑だ。

密着した身体《からだ》からは女の子らしいシャンプーの匂いが立ち昇っている。二人きりの室内には敷かれた布団《ふとん》があって。

間近にある唇が艶《なま》めかしく動く。

「するのイヤ？」

「……イヤとかそういう問題じゃ……」

「クリスちゃんやひさめちゃんほどはないけど、わたしだって女の子だよ」

おもむろに二愛《にあ》は自分でワイシャツのボタンを外し始める。

目が離せなかった。

二愛《にあ》のワイシャツが開いていく。暗がりの中でも滑らかな白い肌が見えた。そこには可愛《かわい》らしい下着に包まれた可愛《かわい》らしい膨らみが――

「ダメに決まってるだろ!!」

二愛《にあ》と自分自身、両方に向けて幸太《こうた》は叫んだ。

カーテンを閉めるみたいに、急いで彼女のワイシャツの前を閉じる。

二愛《にあ》が不服そうに唇を尖《とが》らせるのがわかった。

「ふーん、コーくんはやっぱりおっきくないとイヤなんだね」

「違うって！　そんな理由じゃない──」

「じゃ、どんな理由？　ケッコンしたらどうせするんだよ。少し早いか遅いかじゃん」

「俺はおまえとは結婚しない。おまえも好きでもない男に迫ってんじゃねえよ！」

やっと言えた。

だが、達成感が湧き上がる前に、「……は？」と空恐ろしい声がする。グイっと胸倉を掴《つか》まれた。

「何言ってんの、コーくん。わたしコーくんとケッコンするために、コーくんのラーメンどんぶりを作るために、五歳のときから陶芸を続けてきたのに今になってそれを反故《ほご》にするって、意味わかってる？」

闇の中、狂気的な光を放つ瞳。

いつもならここで引き下がる。だけど──。

幸太《こうた》は恐れを殺して二愛《にあ》を見返した。

「……嘘《うそ》だ。おまえはそんな理由で陶芸をやってきたんじゃない。俺のためにやってたなんて大嘘《おおうそ》だ」

　それが二愛《にあ》を探っていてわかったことだ。

「湯山《ゆやま》陶工房でおまえの兄弟子《あにでし》だという人に話を聞いた。おまえの個展にも行った。おまえの作品のメインは壺《つぼ》じゃないか。どんぶりではない」

「別にどんぶりだけ作らなきゃいけない決まりはないよね。どんぶりより壺《つぼ》のほうが見栄《みば》えがするから、個展では壺《つぼ》をメインで飾ってただけだよ。コーくんのお店に必要などんぶりはちゃんと作るし」

「それで誤魔化《ごまか》せると思ってるのか。前の高校では、陶芸が恋人だとか言ってたくせに」

「へー、よく知ってるね」

「おまえの前の高校、常盤《ときわ》第一の奴《やつ》から聞いたぞ。おまえ、よく学校休んで作品作ってたんだってな。そのせいで授業についていけなくなって、うちに転校してきたんだろ」

　同中の奴《やつ》は幸太《こうた》の突然のラインにも返信をくれていた。

　二愛《にあ》の陶芸への傾倒ぶりは常盤《ときわ》第一でも有名だったらしい。ほぼ全校生徒が大学進学をする進学校だ。その中で陶芸に熱を上げる彼女は異色の存在だったようだ。

「俺もこの目でおまえが作陶するとこ見たからわかるよ。おまえにとっては学校より何より陶芸が大事なんだろ。そうじゃなきゃ何日も窯を見ていられるはずがない。売れる保証もない皿を小屋いっぱい作れるわけがない。毎日遊びたい小学生が何時間もかけて自主的に陶芸教室に通うかよ。陶芸が本当に好きじゃなきゃ、おまえ自身が陶芸に魅せられていなければ、十年も続けられるはずがないじゃないか……！」

「――」

胸倉を摑《つか》んでいた二愛《にあ》の手はいつの間にか離れていた。

「ケッコンするため。俺のどんぶりを作るため。おまえが陶芸を続けてきたのは、そんなくだらない理由じゃないだろ？　おまえの陶芸への思いは、俺との婚約を理由にしていいもんじゃないだろうが！」

幸太《こうた》の膝にぺたんと座ったまま、彼女は微動だにしない。

黙っているということは、幸太《こうた》の言い分に反論できないのだろう。

できるはずがない。

二愛《にあ》の陶芸に対する情熱は本物だ。

それを否定することは、陶芸を愛する彼女には絶対にできないのだ。

チェックメイトだった。

「俺のために陶芸をやってきたから婚約解消できない、はもう通じない。俺たちの婚約は幼い頃の遊びだったんだ。いい加減、解消しよう」

どいてくれ、と幸太《こうた》は二愛《にあ》の肩を押す。

が、

「じゃあわたしは何を理由にしたらいいの？」

低い声に手を止めた。

二愛《にあ》は頑として幸太《こうた》の上からどかない。

シャツを羽織った肩が荒い呼吸で上下している。

「コーくんとの婚約を解消したら、陶芸家でも生きていける理由がなくなったら、わたしはどうやってお父さんたちを説得すればいいのっ⁉」

怒声が弾《はじ》けた。

理由。説得。

予想外の反撃を食らって幸太《こうた》は戸惑う。

「いつもいつも親には言われてる。陶芸で生きていけるわけがないって。そんな馬鹿なことしてないで、いい大学行くために勉強しろって。わたしは真剣になりたいのに！　作品が売れたとか、雑誌に載ったとか言っても、それはわたしが女子高生だからチヤホヤされてるだけだって。『ＪＫ陶芸家』じゃなくなったら、ただの陶芸家になったら、誰も見向きもしないって言うんだよ！」

言葉を返せなかった。

不純な目的を持ったファンがいるのを幸太《こうた》は目の当《ま》たり《あ》にしている。

彼らは二愛《にあ》の作品ではなく、キャラクターに惹《ひ》かれているのだ。

ＪＫであるのも大切な要素なのだろう。アイドルにとって若さは強力な武器だ。

「わたしだって知ってるよ。陶芸には少しも興味ないくせに、わたしとただ喋《しゃべ》って握手したいってだけで作品を買っていく人がいることくらい」

「おまえっ、それ、知ってて……」

「コーくんも見たんでしょ、捨てられてるわたしの皿」

心臓が縮まった気がした。

ゴミ箱から皿を拾う意味などなかったのだ。

二愛《にあ》は自称ファンたちの行いをとうに知っていた。

そりゃそうだ、と今さらながらに思う。二愛《にあ》が即売会を開いたのは初めてじゃない。その度に同じことが起こっていたに違いないのだ。

答えない幸太《こうた》に、二愛《にあ》は小さく笑う。

「小皿、拾ってくれたんだね。コーくんってそういうとこ優しいよね。甘えてもいいかなって思っちゃう」

「……」

「別にいいんだ。買った皿を捨てられても。女子高生ってことだけに注目したクソみたいな雑誌インタビューされても」

「よくねーだろ。それでおまえは傷付いてるんじゃないのか」

「いいんだよ。そんな傷、どうってことない。オークションで売れ残った皿を買ってくれたり、少しでもわたしの名前を売ってくれる代償がそれなら、何も痛くない」

瞠目《どうもく》した双眸《そうぼう》が幸太《こうた》を捉える。

「――本当に痛いのは、魂を斬られるのは、陶芸をやめないといけないことだから」

ぞくりとした。

喉元にナイフを当てられたみたいに幸太《こうた》は動けなくなる。それだけのプレッシャーが二愛《にあ》にはあった。

「どんな理由だっていい。女子高生だから。顔が可愛《かわい》いから。天然だから。それで注目されて陶芸家としての地位を築けるならそれでいい。握手なんかいくらでもしてあげる。ふざけたインタビューにも最高の笑顔見せてあげる。注目されてる今がチャンスなんだよ。ＪＫじゃなくなったら、高校卒業までに陶芸家として実績を作れなかったら、わたしは何にもなれない！お父さんたちが言ってるみたいになっちゃう。それだけは絶対に避けなくちゃ。大学受験してる場合じゃないいんだよっ。あと二年しかない。『ＪＫ陶芸家』を名乗れるうちに結果を残さないと、わたしは――！」

終わっちゃう。

震える声が二人の間に落ちた。

空気が重い。息をするのも精一杯だったが、幸太《こうた》は絞り出す。

「……それで、なんで俺と婚約解消したくないって話になるんだよ」

「だって、コーくんとケッコンするのが決まってたら、お父さんだってわたしが生活していけないとは思わないでしょ。わたしが陶芸家になってもコーくんが経済的に支えてくれるし。そしたら無理に大学行く必要ないよね」

「そりゃ俺が金持ちだったらな⁉　でも俺はこの通りだぞ。家は貧乏ラーメン屋だし。どうしておまえの親を説得できるんだよ⁉」

むしろ不安の種を増やすだけだろう。

二愛《にあ》はふい、と顔を横向ける。

「そんなの演技で上手《うま》く誤魔化してよ。クリスちゃんの真似《まね》すればいけるでしょ」

「できるかっ！　そういう目的で婚約してるんなら人選ミスだろうが。なんで俺なんだよ。ちゃんと金持ちを探して婚約しろよ！」

「～～っ、仕方ないじゃんっ。わたしが婚約したのはコーくんだけなんだから！」

破裂したように二愛《にあ》は叫んだ。

「わたしだってお金持ちと婚約したかったよっ！　でも、そんなの知らないじゃん。五歳のときに経済状況なんか意識しないし……わたしが作った粘土の器を喜んでくれたのは、コーくんだけだったんだよ……」

雫《しずく》が滴《したた》る音がした。

二愛《にあ》の涙が幸太《こうた》のジャージに当たったのだ。

　ポロポロと彼女は涙を零《こぼ》している。

「二愛《にあ》……」

「わたしが陶芸をするきっかけをくれたのはコーくんなのっ。コーくんが褒めてくれたから、わたしは……責任取って……責任取ってよおっ！」

　ドン、と小さな拳が幸太《こうた》の胸を打った。

　二愛《にあ》は幾度も幸太《こうた》に拳を叩《たた》きつける。

　責任を取れ、と。

　……痛くはない。ただ響くだけだ。

　その拳は怒りだ。悔しさだ。親への鬱憤。将来への不安と焦《あせ》り。そして、自分の夢を追い求める覚悟。

　嗚咽《おえつ》と鈍い音が二人きりの室内に溶けていく。

「……わかったから。二愛《にあ》、もうわかったから」

　彼女の手首を掴《つか》むと、小柄な身体《からだ》が倒れてきた。幸太《こうた》の胸に二愛《にあ》は額を押しつけてくる。

　一際《ひときわ》大きくなった嗚咽《おえつ》を聞きながら、幸太《こうた》はある決意を固めていた。

＊＊＊

少ししたら二愛《にあ》は泣き疲れて眠ってしまった。彼女を起こさないよう布団《ふとん》に横たえ、幸太《こうた》はベランダに出る。

途端に深夜の冷えこみが全身を襲う。

ベランダの下に広がる真っ暗な闇。そこに、綺羅星《きらぼし》のような煌《きら》めきがあった。

「……ほんとにヘリで来る奴《やつ》がいるかよ」

幸太《こうた》の苦笑に、クリスは肩を竦《すく》めた。

「だって、コータが心配だったんだもの」

ヘリの音でクリスが来たのはわかっていた。こんな深夜にこんな田舎でヘリを飛ばすのはクリス以外ありえない。

「それで、婚約は解消できたの？」

いいや、と幸太《こうた》は首を振った。

「二愛《にあ》の本心と覚悟がわかったよ」

「そう」

「十年前とはいえ約束したんだもんな……それを守らないのはやっぱり俺の信条に反する」

ベランダの柵にもたれ、幸太《こうた》は遠くを見つめる。

はあ、とクリスが白い息をついた。

「逃げ出す可能性を考えて迎えに来たのは無駄だったようね」

彼女はくるりと優美に踵《きびす》を返《かえ》す。

「コータが出した結論なら、わたしは反対しないわ。どーせ、わたしが何を言ったってコータの決意は固いんでしょう？」

さすがクリス。幸太《こうた》の性格をよくわかっている。

ああ、と幸太《こうた》は言った。

「悪いな。最後まで同盟者として協力してもらって」

ぴくり、とクリスの肩が動く。

「……同盟者、ね」

ただ一言、洩《も》らされた言葉。

けれどそれだけで、彼女が振り返ることはなかった。ランウェイを歩くように堂々とクリスは去っていく。

それを見送り、幸太《こうた》は大きく息をついた。

どっと疲れていた。二愛《にあ》からぶつけられた覚悟は、幸太《こうた》のキャパを余裕で超えている。自分の将来を漠然としか考えたことがない幸太《こうた》が到底受け止めきれるものではない。

それでも彼が受け止めるしかない。
十年前、彼女と約束したのは幸太《こうた》だ。
二愛《にあ》のことは幸太《こうた》が責任を取らなければならないのだ。

五章

運命の始まり、同盟の終わり

KONNA KAWAII IINAZUKE GA IRU NONI, HOKA NO KO GA SUKI NANO?

二愛《にあ》が幸太《こうた》の家に泊まった翌朝。

彼女はちゃんとボストンバッグを持って登校した。「今日はどこに泊まるのか？」と訊《き》いても二愛《にあ》は不明瞭な返事をするだけだった。

そして、放課後。

幸太《こうた》たちの教室にやってきた二愛《にあ》は開口一番に言った。

「今週末、わたしの両親に会って」

なかなかの爆弾発言だ。

咄嗟《とっさ》に返答できない幸太《こうた》に、二愛《にあ》は顔を寄せてくる。

「いいよね、コーくん」

疑問形ではない。確認する口調だ。

隣の席ではクリスが面白くなさそうにツインテールをいじっている。

「……おまえ、親との喧嘩《けんか》はどうなったんだよ」

「ん？　まだ途中だけど？」

「途中って……」

「もー埒《らち》が明かないから、コーくんと婚約してるってお父さんたちに言ったの。そしたら、すぐに家に連れて来いだって。よかったね、コーくん。もてなしてくれるみたいだよ」

「もてなしってそれ絶対、歓迎のもてなしじゃねえだろ。怖えーよ……」

げんなりする幸太《こうた》。

と、バン、と机を打つ音がした。

「認められませんっ！」

氷雨《ひさめ》だった。

充血した目で彼女はやってくる。

「何故《なぜ》、幸太《こうた》くんを親に紹介する場を勝手に設けているのですか？　幸太《こうた》くんはあなたと結婚すると決まったわけではありません」

「なんでひさめちゃん、目赤いの？」

「これは図らずも徹夜をしてしまったからです！」

ごめん……、と幸太《こうた》はそっと両手を合わせた。昨晩、幸太《こうた》がラインをしたことで氷雨《ひさめ》はがっつり徹夜してしまったらしい。非常に心苦しい。

「わたしの寝不足など些末《さまつ》なことです。北大路《きたおおじ》さん、話を逸《そ》らさないでください」

氷雨《ひさめ》はずい、と二愛《にあ》に迫る。

「もしご両親に幸太《こうた》くんを紹介した後で、結婚の話が流れたらどうするつもりですか？」

「え、流れないよ?」

「どうしてそう言い切れるのです? わたしは既に祖父を説得する手筈《てはず》を整えました」

「だから何? ひさめちゃんが許嫁《いいなずけ》に戻ったところでわたしたちの婚約は変わらないんだけど。ウケるー」

「北大路《きたおおじ》さんの婚約は所詮、幼稚園児同士の口約束です。正式なものでは――」

「氷雨《ひさめ》」

幸太《こうた》は口を挟んで、氷雨《ひさめ》の台詞《せりふ》を止めた。

「いいんだ。二愛《にあ》の責任は俺が取るって決めたから」

っ、と氷雨《ひさめ》が息を呑《の》む。

「責任を取る、とは……? ま、まさか幸太《こうた》くん、本気ですか!? 早まってはいけません。よくよく考え直してください!」

「無駄よ。わたしたちがいくら説得したって、バカ真面目なコータの決意は変わらないわ」

ずっと黙っていたクリスが口を出した。

キッと氷雨《ひさめ》はクリスを見る。

「何を悠長な……肝心なところであなたも役に立ちませんね」

「もう勝負はついたも同然なんだから大人しくしてなさいよ」

「っ、これが落ち着いていられますか……!」

氷雨《ひさめ》がクリスに噛《か》みついている隙に、幸太《こうた》は二愛《にあ》に向き直った。

「今週末、日曜でいいか？」

「いいよ。お父さんに連絡しとく」

二愛《にあ》はスマホを出し、チラっと幸太《こうた》を見た。

「……逃げないでよ」

ああ、と幸太《こうた》は返す。

二愛《にあ》はそれ以上は言わず、再びスマホに目を落とした。

◆◆◆

日曜日の午後二時。

マンションの近くにある公園で、幸太《こうた》と二愛《にあ》は待ち合わせをした。二愛《にあ》の両親に幸太《こうた》を紹介するためだ。

が、約束の時間を十分ほど過ぎても彼の姿はなかった。

公園のベンチに座って二愛《にあ》は空を仰ぐ。

「……あーあ、やっぱ逃げたか」

くすんだ蒼天《そうてん》はひたすら寒々しいだけだ。十二月の風が嘲笑《あざわら》うようにポニーテールをもてあそんでいく。

……逃げられるんじゃないかとは思っていた。

五歳のときにした結婚の約束。それを高校生にもなって真に受けている人なんかいない。

幼稚園児の戯言《たわごと》を根拠に両親に会ってほしいだなんて、幸太《こうた》からしたらとんだ災難に違いないのだ。

それはわかってる。

わかってるけど、二愛《にあ》にだって譲れないものがある。

陶芸で生きていくという夢。

小学生の頃はよかった。両親も二愛《にあ》が陶芸を習いに行くのに好意的だったし、二愛《にあ》の作った器を褒めてくれた。

中学生になってだんだん「まだ陶芸をやっているのか」という空気が漂い始めた。中三の受験期になったらそれは明確に小言となり、二愛《にあ》はよい成績を取ることで親の口を封じた。試験の点数さえよければ、親も陶芸を続けるのを許してくれた。

高校は県内トップの常盤《ときわ》第一に進んだが、そこでは陶芸をしながら成績を維持することはできなかった。二愛《にあ》は早々に勉強を諦めた。自分の夢は何か？　陶芸家だ。陶芸家になるのに有名大学に行く必要はない。大手一流企業に勤める学歴至上主義の親とは毎日のように口論になったが、二愛《にあ》は学校を休んででも陶芸をやり続けた。

休みがちで成績も底を這《は》っていた二愛《にあ》に、常盤《ときわ》第一は転校を勧めた。「お嬢さんに進学校は合わないと思います」と言われたときの両親はひどく失望した表情をしていたが、二愛《にあ》は何とも思わなかった。そんなの初めからわかっている。二愛《にあ》に期待するものを両親が間違っているだけなのだ。

そして、自由な校風の常盤《ときわ》中央に転校手続きをした日。二人の綺麗《きれい》な女子生徒に挟まれる平凡な男子を見た瞬間、十年前の記憶が甦《よみがえ》った。

それまで、自分がどういうきっかけで陶芸の道に踏み込んだのかすっかり忘れていた。もちろん、彼と婚約していたことも。

――これは、運命だ。

これが運命でなければ何なのか。

まだ両親は、二愛《にあ》が有名大学に入って大企業に就職するのを切望している。陶芸家では生活できないから、と自分から陶芸を取り上げようとしている。そんな両親を黙らせて諦めさせる方法。

彼とケッコンするという理由があれば、解決できるのではないか――。

「はあー……」

時刻は二時半になろうとしている。幸太《こうた》はまだ来ない。

（そうだよね。利用されてるとわかってて来るほどバカじゃないか……）

結局、二愛《にあ》がやろうとしたのは「利用」だ。

幸太《こうた》との婚約を利用して、自分の夢を押し通そうとした。

彼が約束した手前、強く出れないのをいいことに、彼を利用しようとしたのだ。

ふう、と二愛《にあ》はベンチを立った。

来ないものを待っていても仕方がない。幸太《こうた》のアパートに泊まった夜、胸の中にある何もかもをぶちまけてしまったのだ。

利用するなら、最後まで胸の内は隠しておかなければならなかった。

本心を吐露してしまった時点で二愛《にあ》の負けだ。

（お父さんに何て言おうかな……。ケッコンはもう使えないし、何を言ったらわかってもらえるんだろ……）

色褪《いろあ》せた遊具を脇目にトボトボと歩き始めたときだった。

「二愛《にあ》っ！」

公園に幸太《こうた》が駆け込んできた。

「コーくん……？」

驚いた。

まさか本当に律儀《りちぎ》にやってくるとは。

駅から走ってきたのか、幸太《こうた》はぜえはあと肩で息をしている。

「遅くなってすまん……電車の乗り換えが、手間取って……」

「いいけど。……ふーん、ちゃんと準備してきてくれたんだ」

二愛《にあ》は幸太《こうた》の全身をチェックする。

走ってきたせいで乱れてはいるが、彼はビジネスマンみたいなスーツ姿だった。しかも、一目で仕立てがいいとわかるスーツだ。真新しいカバンも高級感が漂っている。

「これならお父さん騙《だま》せるかも。コーくん、やるじゃん！」

「違う……二愛《にあ》、俺はおまえの親を説得するために、こんな格好で来たんじゃない……」

「どういうこと？」

呼吸を整えた幸太《こうた》はカバンをベンチに置いた。

「まず、俺たちが五歳のときにした約束を思い返してもらいたい」

は？　と二愛《にあ》は目を細めた。

「コーくん、時間稼ぎしてわたしの親に会うのを避けようってなら――」

「大事なことなんだ！　おまえはあのとき、俺が何て言ったか憶《おぼ》えているか？」

「――」

幼稚園でのラーメン屋さんごっこ。

十年前の原点。

「俺はおまえに『ずっと一緒にラーメンを作ってほしい』って言ったんだ。俺が中身を作って、おまえが器を作る。その分業で俺たちのラーメンはできていた」

「……そうだよ。コーくんが器を欲しがったんだよ」

それがどうしたというのか。

あの頃は気楽でよかった。

今も楽しくないわけじゃない。陶芸は相変わらず好きだ。

でも、年齢を重ねた分だけ、見ないといけない現実とか周囲から求められるものとかが圧《の》し掛かってきた。ただ無心に器を作っていられる時期は終わったのだ。

「つまり、あのとき俺はおまえに『ずっと器を作ってほしい』とお願いしたんだ。そしておまえはそれをきっかけに十年、陶芸をやり続けた」

すっと息を吸った幸太《こうた》は力強く言う。

「――なら、俺は二愛《にあ》がずっと陶芸を続けられるようサポートする責任がある！」

幸太《こうた》はカバンから数枚の紙を出し、二愛《にあ》に差し出した。

「……何これ？」

「発注書だ」

聞き慣れない単語に眉を寄せる。

紙には『大皿』という文字や数字がいくつも書かれている。

「さっきまで俺は高級レストランや旅館に営業に行っていたんだ。おまえの作った陶器を買いませんかって」

「え……？」

二愛《にあ》は顔を上げた。

「だからその服……」

「悪いな。俺の素人《しろうと》営業じゃ、その一件しか取れなかった。それでも平凡な男子高生にしたら頑張ったほうか」

（レストランに営業した……？　わたしの皿を売るために……？）

信じられなかった。

そんなの二愛《にあ》はやろうともしなかった。

地道すぎて現実的じゃないのだ。一軒一軒、店舗を巡って営業する。当然、門前払いを食《く》らうだろう。話を聞いてくれたからといって必ず売れるものでもない。成功する確証なんてどこにもないのに。

「いいか、その注文が取れたのはおまえの容姿も年齢もキャラクターも関係がない。俺は営業したときに北大路《きたおおじ》二愛《にあ》の名前を出していないんだ。じゃあ、なんで売れたんだ？　俺の営業のおかげ？　んなわけがない」

どれだけ彼は歩いたのだろう。

擦り減った革靴に目が行く。もしその革靴が家を出たときは、カバンと同様に新品だったのだとしたら——？

「純粋に品物がよかったから！　作品自体にそれだけの価値があるから！　だから売れたんだよ。おまえの作品は、おまえのキャラクターとは無関係にちゃんと評価されたんだ」

「っ……！」

堪《たま》らず二愛《にあ》はしゃがみ込んでいた。

胸が詰まる。

ＪＫ陶芸家の肩書きがなくても、ＳＮＳでアイドルの真似事《まねごと》をしなくても、自分の作品が売れた。

その事実は希望だ。

本物の陶芸家として二愛《にあ》を認めてくれた人がいたのだ。

「その発注書を親に見せたらどうだ。高校を卒業しても、ただの陶芸家になっても、おまえの作品は売れる。それは俺が証明した」

手の中にある発注書。

もう一度見ようとしたが、ぼやけた視界では何も読み取れなかった。

「もちろんその一件の注文だけじゃ生活できないのはわかってる。でも、俺だってすべての店舗を巡ったわけじゃない。たった数日、営業しただけだ。それで一件取れたなら、きっと他にもおまえの作品を買ってくれる店がある。そうだろ？」

「……コー、くん……」

どうしよう、苦しくて言葉が出てこない。

自分の作品がきちんと評価されたこと、無謀とも言える営業を幸太《こうた》がしてくれたこと、陶芸で生きていける希望が見えたこと、どれも嬉《うれ》しくて堪《たま》らない。

だけど、それ以上に。

この胸の高鳴りは何なのだろう？

初めて感じる、熱い衝動は。

「二愛《にあ》が陶芸で生計を立てられるだけの注文を俺が取ってくる。それが俺の責任の取り方だ」

優しすぎる台詞《せりふ》が降ってきて、二愛《にあ》は顔を上げた。

眩《まぶ》しいほど青々とした空。それをバックに幸太《こうた》は覚悟を決めた表情をしていて。

「っ、――――‼」

もうダメだった。

胸がいっぱいになって、涙腺は決壊した。

（わたしはコーくんを利用しようとしたのに。逃げられても嫌われても文句は言えないのに。なんでコーくんはわたしにここまで……！　こんなの無理……ドキドキしてコーくんが見れないっ……！）

声にならない声を上げて二愛《にあ》は泣いた。大泣きする女子高生に通行人が好奇の目を向けていく。そんなのも気にせず二愛《にあ》は泣き続けた。

幸太《こうた》は黙って傍《そば》にいてくれた。

＊＊＊

「疲れたぁー」

自宅に帰るなり、幸太《こうた》は玄関に倒れ込んだ。靴紐《くつひも》を解《ほど》くのも面倒だったが、おそらく高級品であろう革靴を杜撰《ずさん》に扱うことはできず、ちまちまと紐《ひも》を解《ほど》く羽目になる。

家に上がったところでスマホが震えた。

二愛《にあ》からの着信だった。

『あのね、コーくん、お父さんたちと仲直りできたよ』

通話をタップすると、いきなり二愛《にあ》の明るい声が聞こえてきた。

公園で大泣きした二愛《にあ》。その後、彼女は一人で自宅のマンションに戻った。「もう一回お父さんたちと話してみる」と。

「そうか、よかったな」

『うん。コーくんが注文を取ってきてくれたおかげだよ』

二愛《にあ》の作品が彼女のキャラクターとは無関係に評価されて売れると証明できれば、二愛《にあ》の親も陶芸をやめろとは言えないだろう。そう考えた幸太《こうた》の目論見《もくろみ》は当たったわけだ。

「俺が注文を取れたのは、おまえの作品のレベルが高かったからだよ。じゃなきゃ、俺の飛び込み営業なんかで売れないさ」

二愛《にあ》が何年も真剣に陶芸をやってきて一人前になったからこそ、この結果があるのだ。

すべては彼女の努力の賜物《たまもの》だろう。

えへへ、と二愛《にあ》の照れた声がする。

『それでさ、コーくん。えーっと、その、ケッコンはどうなったのかな……？』

「ケッコン？」

『そう、ケッコンだよ……！　わたしたち婚約してたでしょ？　今回、お父さんたちには紹介しなかったけどさ、わたしたちのケッコンは決まってるじゃん？　その話はいつするのかなー、って……』

どうしたのだろうか。なんだか二愛《にあ》の歯切れが悪い。

幸太《こうた》は首を傾《かし》げた。

「おまえは陶芸を続けるために俺と婚約してたんだろ？　親とも和解したし、もう婚約する理由はなくないか？」

『そ、それはこの前までの話だよっ！』

「この前まで……？　いつまでだ？」

～～～っ、とスマホの向こうで焦《じ》れる気配がした。

『コーくん、わたしわかったんだ』

「何が？」

『やっぱり、わたしの運命の人はコーくんだって』

（……は？）

口に出さなかったのは、二愛《にあ》の声が百パーセント真剣だったからだ。

『高校でコーくんと再会したときは運命をはき違えてたんだよ。わたし、コーくんとの婚約を利用することしか考えてなかった。本当にバカだった。コーくんがわたしのために営業に行ってくれて、やっとそれに気付けたんだ』

「――」

『……わたし、コーくんが好き。こんなわたしのために責任を取ろうとしてくれたの嬉《うれ》しかった。そしたらね、気持ちが止まらなくなっちゃったんだ。幼稚園のときみたいにコーくんと純粋に恋愛したい。ダメかな……？』

二愛《にあ》らしくない、湿っぽい声だった。

幸太《こうた》が返せないでいると、縋《すが》るように彼女は言葉を重ねてくる。

『婚約、まだ有効だよね？　わたし解消に応じるなんて言ってないもん。コーくん、ケッコンの責任も取ってくれるんだよね？』

この告白に嘘《うそ》はないんだろう。

好意がなかった婚約は、二愛《にあ》の中ではすっかり本気の婚約に変わっている。

わかったからこそ、幸太《こうた》はそれを言うのに数瞬、躊躇《ためら》った。

「――二愛《にあ》、俺は好きな人としか結婚しない。俺たちの婚約は解消してくれ」

っ、とスマホの向こうで反応はあった。

正直、心苦しい。でも、二愛《にあ》の想《おも》いには応えられない。幸太《こうた》の気持ちは他の子にあるのだから。

「嫌だろ、他に好きな子がいる俺と結婚なんて」

『そうだけど……！』

「だったら、俺たちの婚約はナシだ」

小さく呻《うめ》く声がしていたが、やがて彼女は折れたようだった。

二愛《にあ》は不満そうに問う。

『……好きな子ってクリスちゃん？　それともひさめちゃん？』

◆◆◆

『これから、うちの近くの波止場に来れないか？』

スマホに表示された幸太《こうた》からのメッセージを見つめ、クリスは沈んだ表情になった。

「全部、終わったってわけね……」

彼がクリスを呼び出すのはそういうことだ。

幸太《こうた》の作戦は上手《うま》くいき、二愛《にあ》との婚約は無事に解消されたのだろう。彼にまつわる婚約はすべて解消され、婚約解消同盟はなくなる。

同盟を解消したら、幸太《こうた》は「婚約」から解き放たれて自由だ。

——あとは、彼の気持ち次第。

はあ、と重いため息が洩《も》れる。

「結局、わたしは『同盟者』から抜け出せなかったのね……」

最初に婚約解消同盟を結んだときはそれでよかった。

同盟者となって幸太《こうた》の一番近くにいる。それこそがクリスの作戦だったからだ。

二人で婚約解消に向けて共同作業をしていくうちに、だんだん同盟者以上の親密な関係になっていく。そんな道筋を想像していた。

だけど、三番目の婚約解消の段になっても、幸太《こうた》にとってクリスは「同盟者」だった。

何度訊《き》いても、彼の口から「同盟者」以外の言葉が出てくることはなかった。

幸太《こうた》がクリスを誘うのはいつも「同盟者だから」で、それ以上の関係には最後まで踏み込めなかったのだ。

クリスの負けだった。

「ホオズキ、車を用意してちょうだい」

「……どちらへ」

「コータの最後の呼び出しよ。行かないわけにはいかないでしょう」

しかし、漆黒を纏《まと》ったメイドはすぐには動かなかった。躊躇《ためら》いがちに進言する。

「……同盟を長らえさせる策なら私にも――」

「わたしだって考えたわよっ。コータの許嫁《いいなずけ》を新たにでっちあげるとか、わたしとの同盟を解消させない方法を！」

でもね、とクリスはホオズキを振り向く。

「そしたらコータがまた困るでしょ」

「……――」

滅多に表情を動かさないメイドの眉が跳ねた。

「コータが誰を好きでも、わたしにとって彼は『好きな人』なの。わたしのエゴで、好きな人を困らせたくはないわ。そう思っちゃったのよ……」

本当は協力するつもりじゃなかった二愛《にあ》との婚約解消で、つい幸太《こうた》を手伝ってしまったのも同じ理由からだった。

結局のところ、クリスは幸太《こうた》の望みを蔑《ないがし》ろにはできないのだ。

これが惚《ほ》れた弱み、なのかもしれない。……なんて厄介なんだろう。自分の恋心を最優先にできるなら、こんな結末にはしないのに。

「……すぐにお車を用意いたします」

一礼したメイドは部屋から退出した。

クリスは目尻に浮かんだ涙を拭う。

今、泣いたらダメだ。泣いたのが幸太《こうた》にバレてしまう。

泣くのは同盟が終わってから、この初恋が終わってからでも遅くない。

＊＊＊

あれやこれや考えていたら随分、遅くなってしまった。

幸太《こうた》のアパートの近くにある波止場。夜になるとそこは寂れた電灯があるだけだ。人もほとんどやってこない。

波の音を聞きながら彼女を待つ。

「へえ、似合ってるじゃない、スーツ」

横から声をかけられた。

ヒールの音をさせながらやってきたクリスは幸太《こうた》に微笑《ほほえ》む。

「サイズもぴったりだったようね。普段の数倍、カッコよく見えるわよ」

幸太《こうた》のスーツ一式を用意したのはクリスだった。

本当は手持ちの服を見繕って営業に行こうとしたのだが、クリスが送りつけてきたのだ。これを着ていけ、と。

「……なんで俺のサイズを把握してたんだ？」

「わたしを誰だと思ってるのよ。世界のクリスティーナ・ウエストウッドよ」

「理由になってねえんだよなあ」

幸太《こうた》は苦笑した。

でも、クリスになら把握されていても驚かない。

「助かったよ。この服装のせいか、営業に行ってもそこまで邪険にされずに済んだ」

「高級レストランに出向くなら、それなりの恰好《かっこう》をしないと相手にされないわよ。ただでさえ陶芸作品の営業なんて怪しいんだから」

「いくらだった？」

「え？」

「スーツと靴とカバン」

「聞いてどうするのよ」

「返す。少しずつになるかもしれないけど」

ふっとクリスは可笑《おか》しそうに笑った。

「一生かけて返すつもり？」

「やっぱりか！　そんな高いのか……⁉」

一体いくらなのか。とんでもない金額に備えて幸太《こうた》は息を詰める。

恐々《きょうきょう》としていると、クリスは海のほうを向いた。

「返さなくていいわよ。コータに返してもらおうなんて初めから考えてなかったし」

「いやでも、さすがに……！」

「それは同盟者のサポートよ。コータの婚約解消に必要なことを、同盟者のわたしがやるべきことを、やっただけ」

そう言われたら、幸太《こうた》としても引き下がるしかない。

「すまん。なら、ありがたく受け取っとく」

「それでいいわ」

金に輝くツインテールが潮風になびいていく。

その姿はずっと眺めていたいほど絵になっていたが、幸太《こうた》は目を落とした。ポケットからノートのページを出す。

『婚約解消同盟』

長かった。やっとこれと決別できる。

「二愛《にあ》との婚約もちゃんと断ってきた。これで俺の婚約は全部、解消できた」

ビリ、と紙を破いた。

同盟を記した紙は裂かれ、無へと還《かえ》っていく。

クリスは目を細めてそれを見ていた。

粉々になった白い紙片がふわりと散ったところで、クリスが踵《きびす》を返《かえ》す。

「じゃあね」

え、と思った。

唐突に言った彼女は既に歩き始めている。

「おい、待てよ。俺の話はまだ終わってないぞ」

「同盟を解消するって話でしょ。その他に何があるのよ」

問答無用と言わんばかりにクリスは足早に去っていく。幸太《こうた》は慌てて追った。

「気付いてるぞ。おまえ、今回の婚約解消、乗り気じゃなかっただろ」

クリスの背中が揺れた。

「『動くな』なんて二愛《にあ》が押しかけてきたときだけじゃないか。他は動きまくったぞ。陶芸教室に行ったのも、二愛《にあ》の窯に行ったのも、個展に行ったのも、俺が営業して発注書取ってきたのも。全部、婚約解消に必要だった！」

もし幸太《こうた》が本当に動かず、何もしなければ。

二愛《にあ》の陶芸への思いは知れず、彼女が押しかけてきたとき何も言えなかっただろう。

二愛《にあ》の本心を知った後も、幸太《こうた》が発注書を取れなければ婚約解消はできていない。

「おまえはこうなることを見越してたよな？　わかってて、俺に『動くな』と言ったんだろ」

つい糾弾するような口調になってしまう。

「……だって、仕方ないじゃない」

波の音に紛れて切なげな声が届いた。

罪の意識があるのか、クリスは背を見せたままだ。

「わたしたちは『婚約解消同盟』でしかないんだからっ。コータの婚約が全部解消しちゃったら、コータとわたしが一緒にいる理由がなくなるでしょ。少しくらいのイジワル、許してよ……」

幸太《こうた》は頭をかいた。

「やっぱりか。そんなとこだろうとは思ってた」

クリスが『同盟者』という単語に反応しているのは気付いていた。

二愛《にあ》との婚約を解消したら、同盟がいらなくなるのも。

同盟者という絆《きずな》がなくなるのをクリスが恐れるのはわかる。幸太《こうた》も同じだからだ。同盟者という関係は確かに心地よかった。

「最終的にコータの望み通り、婚約は解消できたじゃない。文句はないはずよ」

「そりゃ文句はないけど、俺はおまえに言いたいことがある」

「聞きたくないわ」

「どうしてだよ⁉」

「同盟は終わりなんでしょ。なら、わたしは退場するわ」

「退場⁉　なんでそうなるんだ⁉」

クリスに追いつき、彼女の腕を掴《つか》む。

背けた横顔が微《かす》かに見えた。

ドキリとする。クリスの目が潤んでいるような気がしたからだ。

「なんで？　コータにとってわたしは所詮、同盟者でしかないんでしょ！」

わかってるわよ……、とクリスが失望の声を洩《も》らした。

（所詮、だって……？）

わけがわからない。

クリスは大切な同盟者、だった。彼女の代わりは誰にも務まらないし、幸太《こうた》は彼女を誰よりも信頼していた。

同盟者は『所詮』などと言える存在ではない。

少なくとも幸太《こうた》にとってはそうだ。

「婚約は全部なくなったんだからコータは自由よ。好きな人のとこに行きなさいよ」

クリスは幸太《こうた》の手を振り払うと、逃げるように歩き出してしまう。

「おい待てよ！　湯山《ゆやま》陶工房に俺を連れて行ったの、偶然じゃないんだろ⁉」

「だから何？」

「二愛《にあ》の兄弟子《あにでし》に会って話を聞けたのもそうだ。二愛《にあ》の個展でもおまえはちゃんとついてきてくれたよな？」

「それはまあ？　成り行きよね」

「二愛《にあ》の窯に行けたのも、俺が営業に成功したのも、全部おまえがサポートしてくれたおかげだろうが……！」

「同盟者だったんだもの、仕方ないじゃない」

自嘲気味に告げる彼女。

思わず幸太《こうた》は声を荒げた。

「そんなに同盟を解消したくなかったなら、なんで俺を助けたんだよ⁉　おまえは俺を手伝わず知らんぷりすることだって、邪魔することだってできただろ！」

クリスがどんな手を使ってでも、目的を達する力があるのは嫌というほど知っている。

婚約解消同盟を維持するのにそれを行使することだって彼女ならできた。

でも、クリスがそうしなかったのは――

「俺のため、なんだろ？　俺が困ってたら、おまえはいつも助けてくれるじゃないか。自分の気持ちを押し込めてでも」

クリスはそういう奴《やつ》だ。

見た目に似合わず、純粋で、献身的で。

そんな彼女にいつだって幸太《こうた》は助けられてきた。

どれほど彼女に支えられてきたのだろう。同盟者である幸太《こうた》ですら、クリスの作戦をすべて把握していたわけではない。

ただ一つ、確かなことは。

幸太《こうた》だけなら婚約解消はできていない。これは彼女と一緒に達成した結果だ。

そして、その喜びを分かち合いたい相手もまた、クリスなのだ。

「婚約解消同盟は終わった！　もう俺たちは同盟者じゃない。今こそ俺たちは新しい関係になれると思うんだ……！」

すべての婚約を解消したとき、最初にクリスに伝えたかった。

それは婚約解消にともに立ち向かった同志だから、という単純な理由だけではない。

やっと幸太《こうた》は何にも惑わされずに恋愛ができるのだ。

一度は見失った自分の心だが、今、はっきりと答えることができる。

婚約に関する騒動が終わっても、これからもずっと一緒にいてほしいのは誰なのか。

遠ざかるクリスへ幸太《こうた》は叫んだ。

「――クリス、今度は俺の婚約者になってくれ！」

「…………え？」

ぴたっとクリスが足を止めた。

（…………え？）

硬直したのはクリスだけではなく幸太《こうた》もだった。思わず自分の口を押さえる。

（あれ……？　俺、今、婚約者って……）

告白なら「恋人になってくれ」でよかったはずだ。

幸太《こうた》自身、クリスに恋人になってほしいと言うつもりでここに来ていた。

それが「婚約者」という単語に馴染《なじ》みすぎていたがために、つい言い間違いを――。

（いやいやいや、これ絶対間違えちゃいけないやつだろ！　何言ってるんだ、俺。恋人をすっ飛ばして婚約を申し込むなんて……）

ダラダラと冷や汗を流し、幸太《こうた》が訂正しようとしたとき、

「はい……！」

感極まった声がした。

いつの間に距離を詰めてきたのか、クリスが幸太《こうた》の正面に立っている。

真っ赤になった彼女はこっちを見上げていた。その両目からは今にも涙が零《こぼ》れそうである。溢《あふ》れんばかりの歓喜を浮かべ、クリスは笑顔を咲かせた。

「わたし、コータのお嫁さんになります」

エピローグ
EPILOGUE

やってしまった……。

翌月曜日になっても、幸太《こうた》は日曜日の出来事を引きずっていた。

ようやく自分の気持ちが整理できたと思ったのに。

すべての婚約を解消し、晴れてクリスと恋人同士になれると思ったのに。

まさか言い間違いからまた新たに婚約をしてしまうとは。自分はどんだけ「婚約」に取り憑《つ》かれているんだ、と思う。

はあ、とため息を洩《も》らすと、隣にいるクリスがチラと目を向けてくる。

「どうしたの、コータ。ため息なんかついて」

幸太《こうた》とクリスは朝一緒に登校する約束をしていた。恋人を超えて婚約者なのだから一緒に登校したところで何の不思議もない。

「……や、昨日のことを考えてて……」

「わかるわ。わたしもずっと昨日のことが思い返されるもの」

「え……」

「だって、好きな人から念願のプロポーズをされたのよ？　それで思い返さないなんてことある？」

頬を赤らめて興奮気味に言うクリス。

幸太《こうた》は「ぁー……」と視線を泳がせた。

クリスは喜んでくれているらしい。幸太《こうた》もそれは嬉《うれ》しい。

だけど、物事には順序があるのではないか。まだ高校生なのだから、まずは恋人から始めるのが道理ではないのか。

（今からでも遅くない。クリスに、あれは「恋人」と「婚約者」を言い間違えたんだと説明して――）

「ねえ、コータ。わたし、プロポーズされてすごく嬉《うれ》しかったの」

「――」

「コータはずっと婚約を解消しようとしてきたでしょ？　普通の人より婚約に対してネガティブな感情を抱いてると思うの」

「うーん、まあ、おかげさまで婚約にいいイメージはないよな」

婚約＝解消するべきもの、という図式が幸太《こうた》の頭にはこびりついている。

「それでもわたしにプロポーズしてくれたってことは、婚約に対する悪印象よりわたしへの想《おも》いが勝ったってことでしょ？　なんていったって、恋人じゃなくて婚約者だもの。コータがそんなに想《おも》ってくれていたなんて、わたし感動したわ」

これは……、と思う。

伊達《だて》にクリスと同盟を組んでいたわけではない。彼女の特性を幸太《こうた》は熟知している。

(俺が言い間違えたのにクリスは気付いている……?)

「コータのモットーは『好きな子としか結婚しない』だったかしら?」

すべてを見透かしたようにクリスは微笑《ほほえ》む。

「だったら、『恋人』でも『婚約者』でも同じじゃない。コータが好きなのはわたしなんだから」

幸太《こうた》が本気でクリスを好きなら、結婚してもいいはずだ。「恋人」を飛び越えていきなり「婚約者」になったところで何の支障もない——それがクリスの理論なのだった。

……完敗である。

首を振った幸太《こうた》は言う。

「クリスの言う通りだよ」

ふふ、と笑ったクリスは幸太《こうた》に腕を絡《から》ませてくる。

「やっと堂々とこういうことができるわね」

「そうだな」と幸太《こうた》は彼女をそっと見遣《みや》った。

幸太《こうた》の予想以上に、クリスは嬉《うれ》しそうに顔を緩めていた。

校舎に入ると、昇降口で氷雨《ひさめ》と遭遇した。

「おはようございま——なっ!?」

彼女の目はすぐさま幸太《こうた》たちの腕に留まる。

氷雨《ひさめ》は一瞬、絶句した後、剣呑《けんのん》な眼差《まなざ》しになった。

「クリスさん、幸太《こうた》くんと一緒に登校したばかりか、腕まで組んでいるとはどういう了見ですか？」

「だって、わたし、コータの許嫁《いいなずけ》だし？」

「何を戯言《たわごと》を。クリスさんがそういうことでしたら、わたしも——」

氷雨《ひさめ》はクリスの発言を真に受けず、幸太《こうた》のもう片方の腕を取ろうとする。

それを押《お》し留《とど》めた。

「幸太《こうた》くん……？」

怪訝《けげん》な顔でこっちを見つめる氷雨《ひさめ》。

「……ごめん。クリスと付き合うことになったんだ」

ピシッと氷雨《ひさめ》が凍るのを見た。

クリスが口を尖《とが》らせる。

「もうっ、それだけじゃないでしょ、コータ。ちゃんと婚約したって言わないと」

「いやまあ、それもそうなんだけど、まずは付き合ってるって言ったほうがいいかな、と」

氷雨《ひさめ》はまだ氷の彫像状態だ。

数秒してようやく我を取り戻したのか、彼女は口をパクパクし始める。

「な、な、いつの間にそのようなことに……幸太《こうた》くんっ、わ、わたしを、最高の女性と言ってくれたのは嘘《うそ》だったのですか……？」

「……嘘《うそ》じゃないよ」

「でしたら、何故《なぜ》――」

「なんていうか、距離感、かな……」

幸太《こうた》は頬をかいて言う。

「氷雨《ひさめ》が容姿も頭もいいのはわかってるんだけど、それは憧れでしかなくて、俺にとって氷雨《ひさめ》はやっぱり気軽に近付けない存在なんだ……氷雨《ひさめ》といるときはまだ緊張するし……」

「コータ的には一緒にいるなら、ヒサメじゃなくてわたしってことよね。というわけで、ヒサメはコータを諦めて」

クリスがあっさりと纏《まと》める。

瞬間、辺りの空気が絶対零度に達した。

「諦められるわけがないではありませんかっ」

ゴゴゴゴと雪崩が押し寄せるように昇降口が凍りつかされていく。おかげで幸太《こうた》たちに近付く生徒はいない。

氷雨《ひさめ》は圧のある目で幸太《こうた》を見据える。

「幸太《こうた》くん、女狐《ヴィクセン》に騙《だま》されないでください！　わたしはもうすぐ祖父を説得できそうなのです。そうすればわたしたちはまた婚約者に戻れます。わたしたちの仲を反対する人は誰もいません……！」

「いや、マジで婚約は復活させないで――！」

もう二度と婚約地獄には陥りたくない。

幸太《こうた》は必死な思いで言うが、

「あれー？　なんでコーくんとクリスちゃんがくっ付いてるの？」

二愛《にあ》だった。

空気を読まず、彼女はポニーテールを揺らしてやってくる。瞳孔の開いた目で幸太《こうた》の胸倉を摑《つか》んだ。

「なんで運命でもないのに二人でくっ付いてるのかな？　ねえ、コーくん、どうして？　わたしが納得するように教えてほしいな。クリスちゃんとそういうことしてるってことは許嫁《いいなずけ》のわたしにはもっと親密なことしてくれないと道理に合わないよね。コーくん何してくれるのかな期待していいんだよね楽しみだな」

（ヤベえ、二愛《にあ》の厄介度が増してる……！　これなら好かれていない状態のほうがマシだったのでは……？）

青ざめる幸太《こうた》の横では、クリスが「誰が運命じゃないですって」と膨れている。

カオスだ。このままじゃ収拾がつかない。

だが以前と違って幸太《こうた》の心はもう固まっているのだ。

自分の気持ちを表明するべく、幸太《こうた》は声を出す。

「いいか、氷雨《ひさめ》も二愛《にあ》も聞いてくれ！　俺が好きなのは――」

「正気に戻ってください、幸太《こうた》くん！」

「わたしに決まってるよね、コーくん？」

詰め寄ってきた氷雨《ひさめ》と二愛《にあ》によって幸太《こうた》の台詞《せりふ》は呆気《あっけ》なくかき消される。

その二人の後方。

クリスは一人、余裕の表情で微笑《ほほえ》んだ。

「こんな可愛《かわい》い許嫁《いいなずけ》がいるのに、他の子が好きなの？」

あとがき

※今巻のネタバレがあります!!　本編未読の方は読了後にどうぞ。

中高生の頃、勉強時間を使ってノートに小説を書いていました。ある日、それが親にバレてひどく怒られたことがあります。

親にとって私が小説を書くのは「遊び」でしかなく、私がただ勉強をサボっているという認識だったのでしょう。作家になりたいとささやかな声を上げても、到底真面目には受け取ってもらえませんでした。

親に夢を否定された経験があるからこそ、二愛《にあ》の話は書いててとても苦しかったです。作品を書くと大体自分の古傷を抉《えぐ》ることになるのですが、二巻の氷雨《ひさめ》回に続き、二愛《にあ》回もまた結構な痛みを思い出しました。この痛みが読者の誰かに届くのを願っています。

さて、これにて『こんかわ』は完結となります。世界有数のセレブがシリーズ全巻買い占めて重版でもしない限り、ここで幕引きです。

一巻で広げた風呂敷《ふろしき》（氷雨《ひさめ》と二愛《にあ》のキャラクターについて）はきっちり畳めたのでよかったと思う反面、幸太《こうた》とクリスが付き合い始めた後の話も書いてみたかったなという寂しさもあります。幸太《こうた》もクリスも恋愛初心者なので、さぞかし初々《ういうい》しいお付き合いをしてくれることでしょう。そして、三度もの婚約解消を経てお互いを知り合った彼らだからこそ、この先も上手《うま》くいく気がするのです。


恒例の謝辞です。

担当編集のお二人には今回、私の体調に合わせて柔軟な対応をしていただきました。大変助かります（現在進行形）。次回も引き続きよろしくお願いいたします。

また、黒兎《くろと》ゆう先生の鮮烈で美麗なイラストがなければ『こんかわ』は三巻も出なかったでしょう。イラストレーターを決める打ち合わせで編集氏に黒兎《くろと》ゆう先生を推したのは私です。大好きな絵師様にクリスたちを描《か》いていただけて大変光栄でした。

そして最後に、この本を手に取ってくださったすべての方に最大級の感謝を。

次回作もお手に取っていただけると嬉《うれ》しいです！　ありがとうございました。

ミサキナギ

◉ミサキナギ著作リスト

「リベリオ・マキナ
─《白檀式》水無月の再起動─」（電撃文庫）
「リベリオ・マキナ2
─《白檀式》文月の嫉妬心─」（同）
「リベリオ・マキナ3
─《白檀式改》桜花の到達点─」（同）
「リベリオ・マキナ4
─《白檀式改》紫陽花の永遠性─」（同）
「時間泥棒ちゃんはドキドキさせたい　俺の夏休みをかけた恋愛心理戦」（同）
「こんな可愛い許嫁がいるのに、他の子が好きなの？1～3」（同）

本書に対するご意見、ご感想をお寄せください。

ファンレターあて先
〒102-8177　東京都千代田区富士見 2-13-3
電撃文庫編集部
「ミサキナギ先生」係
「黒兎ゆう先生」係

本書は書き下ろしです。

電撃文庫

こんな可愛《かわい》い許嫁《いいなずけ》がいるのに、他《ほか》の子《こ》が好《す》きなの？3

ミサキナギ

2022年９月10日　初版発行

発行者　青柳昌行
発行　株式会社KADOKAWA
〒102-8177　東京都千代田区富士見2-13-3
0570-002-301（ナビダイヤル）
装丁者　荻窪裕司（META＋MANIERA）
印刷　株式会社暁印刷
製本　株式会社暁印刷

●お問い合わせ
https://www.kadokawa.co.jp/（「お問い合わせ」へお進みください）
※内容によっては、お答えできない場合があります。
※サポートは日本国内のみとさせていただきます。
※ Japanese text only

※定価はカバーに表示してあります。

ISBN978-4-04-914581-6　C0193　Printed in Japan

電撃文庫　https://dengekibunko.jp/

電撃文庫創刊に際して

文庫は、我が国にとどまらず、世界の書籍の流れのなかで〝小さな巨人〟としての地位を築いてきた。古今東西の名著を、廉価で手に入りやすい形で提供してきたからこそ、人は文庫を自分の師として、また青春の想い出として、語りついできたのである。

その源を、文化的にはドイツのレクラム文庫に求めるにせよ、規模の上でイギリスのペンギンブックスに求めるにせよ、いま文庫は知識人の層の多様化に従って、ますますその意義を大きくしていると言ってよい。

文庫出版の意味するものは、激動の現代のみならず将来にわたって、大きくなることはあっても、小さくなることはないだろう。

「電撃文庫」は、そのように多様化した対象に応え、歴史に耐えうる作品を収録するのはもちろん、新しい世紀を迎えるにあたって、既成の枠をこえる新鮮で強烈なアイ・オープナーたりたい。

その特異さ故に、この存在は、かつて文庫がはじめて出版世界に登場したときと、同じ戸惑いを読書人に与えるかもしれない。

しかし、〈Changing Times,Changing Publishing〉時代は変わって、出版も変わる。時を重ねるなかで、精神の糧として、心の一隅を占めるものとして、次なる文化の担い手の若者たちに確かな評価を得られると信じて、ここに「電撃文庫」を出版する。

1993年6月10日
角川歴彦

電撃文庫DIGEST　9月の新刊

発売日2022年9月9日

七つの魔剣が支配するX
著／宇野朴人　イラスト／ミユキルリア

佳境を迎える決闘リーグ。そして新たな生徒会統括の誕生。キンバリー魔法学校の喧噪は落ちついたかに見えたが、オリバーは次の仇敵と対峙する。　原始呪文を操るデメトリオの前に、仲間達は次々と倒れていく……。

魔法科高校の劣等生 Appendix②
著／佐島 勤　イラスト／石田可奈

『魔法科』10周年を記念し、各種特典小説などを文庫化。第2弾は『夏の休日』『十一月のハロウィンパーティ』『美少女魔法戦士プラズマリーナ』『IF』『続・追憶編』『メランコリック・バースデー』を収録！

創約　とある魔術の禁書目録《インデックス》⑦
著／鎌池和馬　イラスト／はいむらきよたか

元旦。上条当麻が初詣に出かけると、そこには振袖姿の御坂美琴に食蜂操祈ら常盤台の女子達が!?　みんなで大騒ぎの中、しかし上条は一人静かに決意する。アリス擁する　『橋架結社』の本拠地を突き止めると……！

わたし、二番目の彼女でいいから。4
著／西 条陽　イラスト／Re岳

共有のルールには、破った方が俺と別れるペナルティがあった。「今すぐ、桐島君と別れてよ」「……ごめん、できない」過熱する感情は、関係は、誰にも止められなくて。もう引き返せない、泥沼の三角関係の行方は。

アマルガム・ハウンド2 捜査局刑事部特捜班
著／駒居未鳥　イラスト／尾崎ドミノ

平和祈念式典で起きた事件を解決し、正式なパートナーとなった捜査官のテオと兵器の少女・イレブン。ある日、「人体復元」を謳う怪しげな医療法人の存在が報告され、特捜班は豪華客船へ潜入捜査することに……。

運命の人は、嫁の妹でした。2
著／逢縁奇演　イラスト／ちひろ綺華

前世の記憶が蘇り、嫁・兎羽の目の前でその妹・獅子乃とのキスをやらかした俺。だがその隙に、兎羽が実家に連れ戻されてしまい!?　果たして俺は、失った新婚生活と、彼女からの信用を取り戻せるのか！

こんな可愛い許嫁がいるのに、他の子が好きなの?3
著／ミサキナギ　イラスト／黒兎ゆう

婚約解消同盟、最後の標的は無邪気な幼馴染・二愛。《婚約》からの解放——それは同盟を誓った元許嫁として。逆襲を誓った元恋人として。好きな人と過ごす時間を失うこと。迫る選択にそれでも彼女たちは前へ進むのか——。

天使は炭酸しか飲まない3
著／丸深まろやか　イラスト／Nagu

天使の正体を知る後輩女子、瀬名光莉。明るく友人も多く、あざとさも持ち合わせている彼女は、恋を確実に成就させるため、天使に相談を持ち掛ける。花火に補習にお泊り会。しゅわりと刺激的な夏が始まる。

新作　怪物中毒
著／三河ごーすと　イラスト／美和野らぐ

管理社会に生まれた《官製スラム》で、理性を解き放ち害獣と化す者どもの『掃除』を生業としている、吸血鬼の零士と人狼の月。彼らは真贋入り乱れるこの街で闘い続ける。過剰摂取禁物のオーバードーズ・アクション！

新作　あした、裸足でこい。
著／岬 鷺宮　イラスト／Hiten

冴えない高校生活を終えたその日。元カノ・二斗千華が遺書を残して失踪した。ふとしたことで過去に戻った俺は、彼女を助けるため、そして今度こそ胸を張って隣に並び立つため、三年間を全力で書き換え始める！

新作　となりの悪の大幹部!
著／佐伯庸介　イラスト／Genyaky

ある日俺の隣の部屋に引っ越してきたのは、銀髪セクシーな異国のお姉さんとその娘だった。荷物を持ってあげたり、お裾分けをしたりと、夢のお隣さん生活が始まる……！　かと思いきや、その正体は元悪の大幹部!?

新作　小説が書けないアイツに書かせる方法
著／アサウラ　イラスト／橋本洸介

性が題材の小説でデビューした月岡零。だが内容が内容のため作家になった事を周りに秘密にしてたが…彼の前に一人の美女が現れ、「自分の考えた小説を書かなければ秘密をバラす」と脅迫されてしまうのだった。

新作　リコリス・リコイル Ordinary days
著／アサウラ　イラスト／いみぎむる
原案・監修／Spider Lily

『リコリス・リコイル』のアニメでは描かれなかった喫茶リコリコでのありふれた非日常を原案者自らがスピンオフ小説化！千束やたきなをはじめとしたリコリコに集う人々の紡ぐちょっとした物語が今はじまる！

この△《さんかく》ラブコメは幸せになる義務がある。
[著]榛名千紘
[ILL.]てつぶた
ラブコメ史上、
もっとも幸せな三角関係！
これが三角関係ラブコメの到達点！
平凡な高校生・矢代天馬はクールな
美少女・皇凛華が幼馴染の椿木麗良を
溺愛していることを知る。天馬は二人が
より親密になれるよう手伝うことになるが、
その麗良はナンパから助けてくれた
彼を好きになって……!?
電撃文庫

第28回電撃小説大賞
銀賞
受賞作
愛が、二人を引き裂いた。
BRUNHILD
竜殺しのブリュンヒルド
THE DRAGONSLAYER
東崎惟子
[絵] あおあそ
最新情報は作品特設サイトをCHECK!
https://dengekibunko.jp/special/ryugoroshi_brunhild/
電撃文庫

第28回電撃小説大賞
銀賞
受賞作
MISSION
スキャンして
作品を調査せよ
>>>
ミミクリー・ガールズ
MIMICRY GIRLS
電撃文庫

その日、高校生・稲森春幸は無職になった。
親を喪ってから生活費のため労働に勤しんできたが、
少女を暴漢から救った騒ぎで歳がバレてしまったのだ。
路頭に迷う俺の前に再び現れた麗しき美少女。
彼女の正体は……ってあの東条グループの令嬢・東条冬季で——!?

電撃文庫

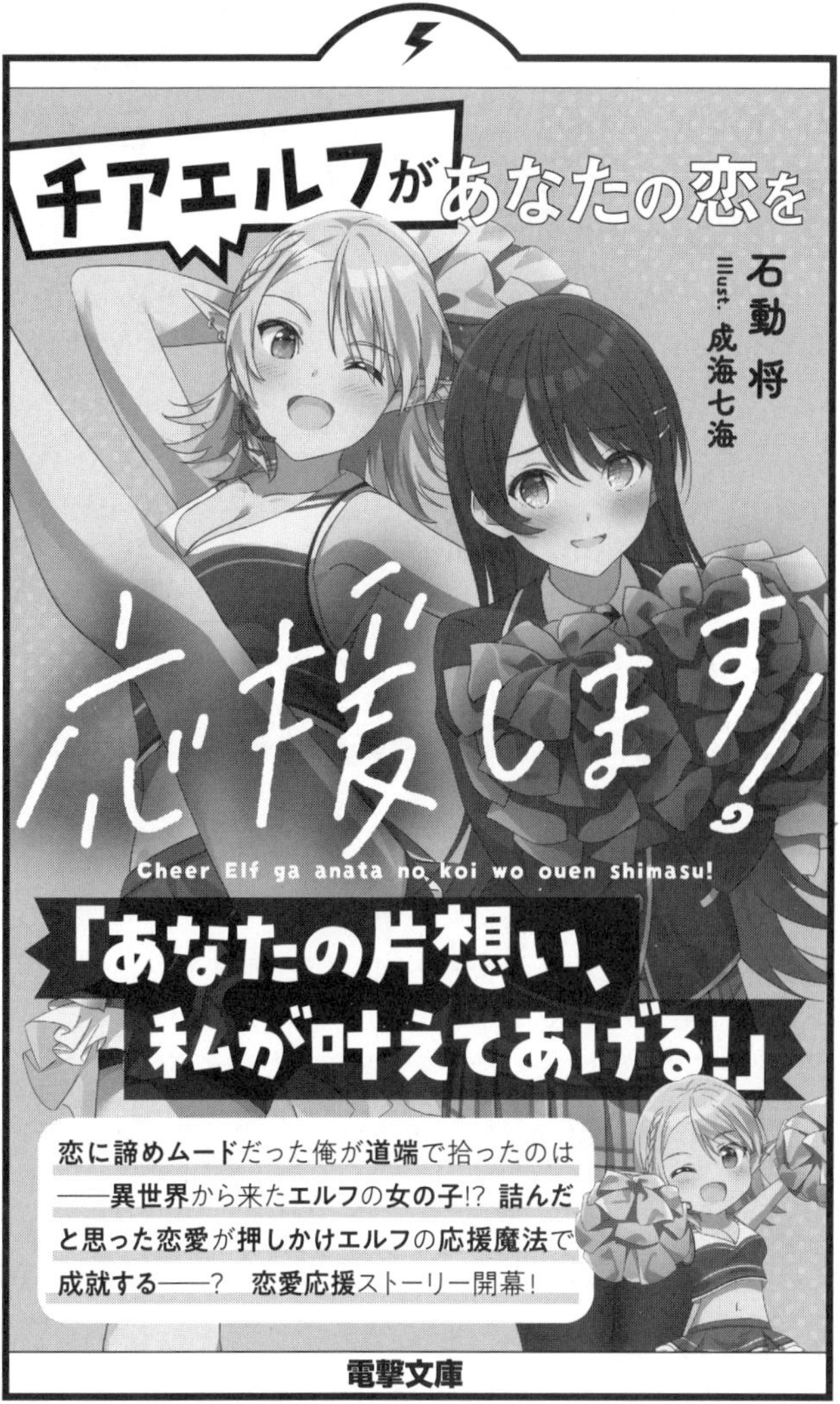

チアエルフがあなたの恋を
応援します！
石動 将
Illust. 成海七海
Cheer Elf ga anata no koi wo ouen shimasu!
「あなたの片想い、
私が叶えてあげる！」
恋に諦めムードだった俺が道端で拾ったのは——異世界から来たエルフの女の子!? 詰んだと思った恋愛が押しかけエルフの応援魔法で成就する——？　恋愛応援ストーリー開幕！
電撃文庫

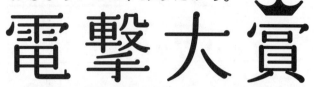